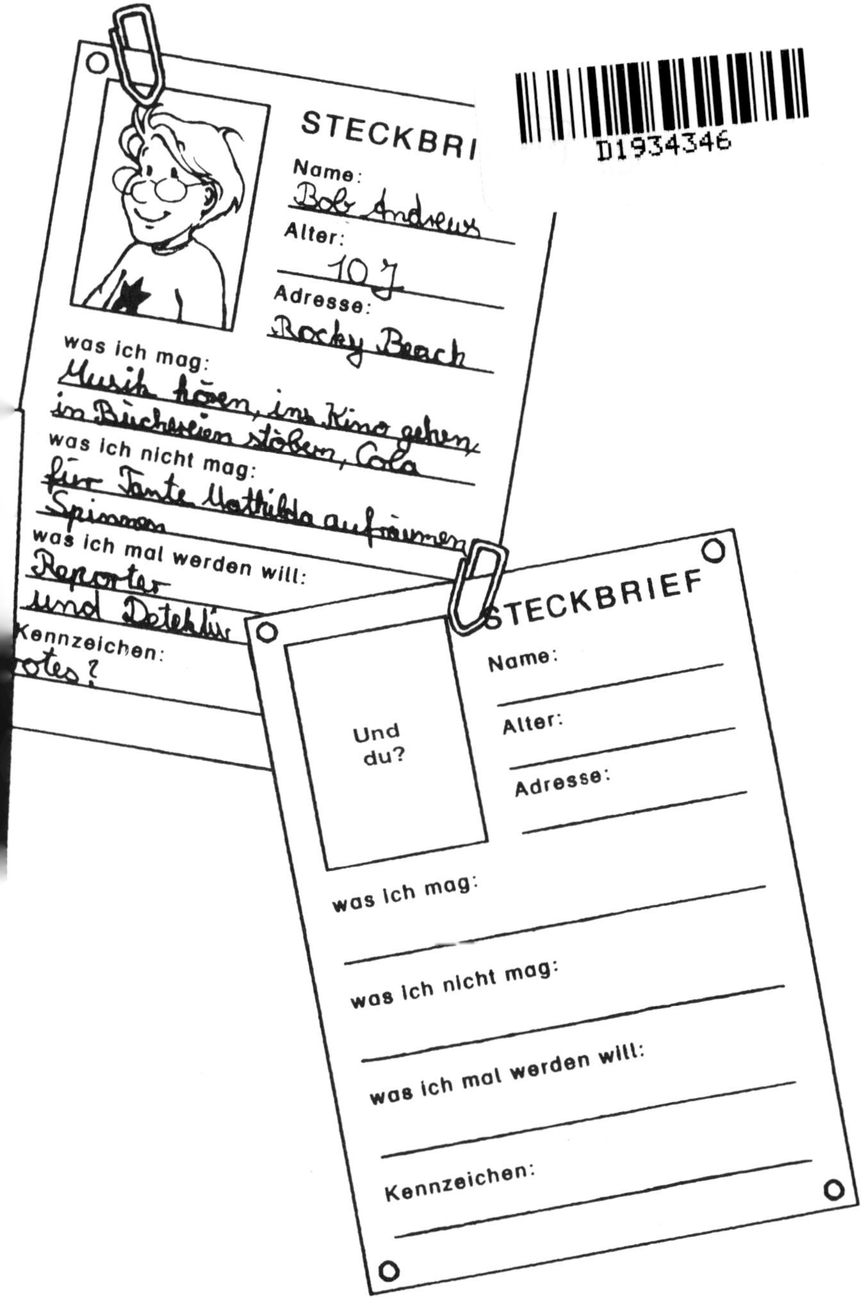
STECKBRI
Name:
Bob Andrews
Alter:
10 J.
Adresse:
Rocky Beach
was ich mag:
Musik hören, ins Kino gehen,
in Büchereien stöbern, Cola
was ich nicht mag:
für Tante Mathilda aufräumen
Spinnen
was ich mal werden will:
Reporter
und Detektiv
Kennzeichen:
STECKBRIEF
Und du?
Name:
Alter:
Adresse:
was ich mag:
was ich nicht mag:
was ich mal werden will:
Kennzeichen:

Die drei ???® Kids und du

Band 5

Der schwarze Drache

Erzählt von Boris Pfeiffer
Mit Illustrationen von Harald Juch

KOSMOS

Umschlaggestaltung von Atelier Reichert, Stuttgart, basierend auf einem Entwurf von Stefanie Wegner, Hamburg.
Umschlag- und Innenillustrationen von Harald Juch, Berlin (Zeichnung) und Gabriel Nemeth, Wien (Ink) – Julia Briemle, Hamburg (Ink).

»Der schwarze Drache« ist der 5. Band der Reihe »Die drei ???® Kids und du«.

ISBN: 978-3-440-11541-1
Redaktion: Stefanie Vogt
Grundlayout: Friedhelm Steinen-Broo, eStudio Calamar
Gesamtherstellung: DOPPELPUNKT Auch & Grätzbach GbR, Stuttgart
Printed in the Czech Republic / Imprimé en République tchèque

Lieber Leser, liebe Leserin,

du kennst die drei ??? und weißt, was dich in diesem Buch erwartet? Ein spannender Fall mit mir und meinen Freunden Justus und Peter? Stimmt genau! Aber das ist noch nicht alles. Denn in diesem Buch sind einfach viel zu viele Spuren ausgelegt. Tausend Hinweise, lauter Verdächtige – und die Zeit drängt! Da kann selbst ein Meisterdetektiv ins Schwitzen geraten. Deshalb brauchen wir deine Hilfe: Welche Spur ist wichtig, welche führt in die Irre? Wie würdest du entscheiden? Du hast es in der Hand, ob und wie wir den Fall lösen werden! Denn du bestimmst, wie und wo die Geschichte weitergeht. Aber denke gut nach, bevor du eine Entscheidung triffst. Denn nicht jede Spur führt zur Lösung des Falls!

Viel Spaß und viel Erfolg
beim Miträtseln wünscht dir
Bob Andrews (das rote ?)

Personen in diesem Buch:

- ⇨ Justus' Tante Mathilda und Onkel Titus,
- ⇨ Ging Son Chang, geheimnisvoller chinesischer Junge,
- ⇨ Bill Maddock, Canyoning-Führer auf Cataract Island,
- ⇨ Kommissar Reynolds,
- ⇨ eine Gruppe Naturschützer,
- ⇨ die Dorflehrerin von Cataract Island,
- ⇨ der alte Hu, Arbeiter auf der Fähre,
- ⇨ die Fischer von Cataract Island,
- ⇨ Mr Lee, kunstinteressierter Besitzer der Villa des schwarzen Drachen,
- ⇨ Kwok, chinesischer Kunstmaler,
- ⇨ der schwarze Drache – gefährliches Monster oder ein Trick?,
- ⇨ und natürlich ... die drei ??? Kids und du!

»Er schafft es! Just, sieh doch nur, Peter liegt in Führung!« Bob Andrews stand mit vor Aufregung geballten Fäusten neben seinem Freund Justus Jonas am Strand von Rocky Beach und blickte auf den leuchtend blauen Pazifik.

Auf dem Wasser tummelten sich dutzende von bunten Segeln der Teilnehmer des diesjährigen *Silverboard Windsurfcups*. Und in Front lag ein Junge in einem dunkelblauen Neoprenanzug mit gelbem Segel: Peter Shaw, der Dritte im Bunde der drei ???.

»Oh Mann!« Bob stieß die Luft aus. »Nur noch die letzte Boje! Wenn er da gut rumkommt, dann hat er gewonnen!«

»Ja, Bob, dass dieses Ereignis dicht bevorstehen könnte, ist mir vollkommen klar«, gab Justus zurück. »Aber ich jubele erst nach der Wende. Die Laydown Jibe ist immer noch ein kritischer Moment, und erst wenn Peter sie geschafft hat ...«

»Just!«, stöhnte Bob. »Jetzt schalt doch einmal dein Überhirn aus! Diese Bugwende ist eine der Grundlagen beim Windsurfen. Die macht Peter im Schlaf.«

Justus räusperte sich. »Nicht, wenn der mit dem schwarzen Segel ihm gleich den Wind nimmt.« Er zeigte auf einen Surfer, der sich seit einigen Metern immer dichter an ihren Freund heranschob. Bob nickte. »Der Junge fährt wirklich sehr aggressiv!«

Im selben Moment hatte Peter die Boje erreicht und führte den Bugwechsel aus. Er arbeitete schnell und präzise. Die Rigg flog förmlich dem Wasser entgegen, dann hatte Peter die Wende vollzogen, die Rigg wieder aufgerichtet und war auf dem Rückweg. Dabei ließ er den schwarzen Surfer wieder ein ganzes Stück hinter sich.

»Er hat es geschafft!« Diesmal jubelte Bob laut. Und auch Justus machte ein entspanntes Gesicht.

Kurz danach sahen die beiden Freunde, wie Peter tatsächlich als Erster das Ziel erreichte. Triumphierend ließ er die Rigg fallen und riss die Arme in die Höhe.

Als die drei ??? sich später am Strand trafen, streckte Peter seinen beiden Freunden mit breitem Grinsen einen kleinen Pokal und einen Prospekt entgegen.

»Habt ihr gesehen, wie der Schwarze noch mal rangekommen ist? Dieser kleine Chinese war wirklich gut. Aber bei der Wende habe ich ihn abgehängt.«

»Allerdings, du Ober-Beach-Boy!« Bob lachte. »Justus dachte schon, der kriegt dich.«

»Und das hat er offenbar immer noch vor!« Justus nickte zu dem Jungen, der im selben Moment hinter Peter auftauchte.

»Ich gratuliere dir, du surfst ausgezeichnet.« Der chinesische Junge sprach ein gutes und nur etwas fremd klingendes Amerikanisch. »Du hast den ersten Platz verdient, obwohl ich sehr lange für das Rennen trainiert habe.« Er blickte kurz zu Boden. Dann sah er Peter wieder an. »Mein Name ist Ging Son Chang. Ich muss dich etwas fragen. Würdest du mir den Preis, den du

gewonnen hast, vielleicht verkaufen? Ich biete dir 250 Dollar.«

»250 Dollar für einen Blechpokal?« Justus starrte Ging Son Chang befremdet an. »Die Dinger kriegst du in jedem Laden für zwei Dollar!«

Der Chinese schüttelte nervös den Kopf. »Nicht den Pokal. Ich meine das Wochenende beim Canyoning.« Ging Son zeigte auf den Prospekt, den Peter in der Hand hielt.

»Aber das kostet original nur 70 Dollar pro Person«, sagte Peter erstaunt. »Wieso willst du mehr bezahlen, als es wert ist? Der Gutschein ist doch nur für drei Personen.«

Der Junge sah Peter direkt in die Augen. »Ich kann nur dieses Wochenende. Dann muss ich zurück nach China und …«

Aber Peter schüttelte den Kopf. »Tut mir echt leid, Ging Son Chang.« Peter legte dem Jungen die Hand auf die Schulter. »Du bist super gesurft, aber wir haben die Tour schon mit unseren Familien klargemacht. Und das wieder umzuschmeißen, ist die paar Dollar mehr nicht wert. Es gibt bestimmt noch eine Menge andere Angebote. Okay?!« Er nickte dem Jungen zu und drehte sich zu seinen Freunden.

Bob und Justus sahen dem chinesischen Jungen nach, der den Strand entlang davonging.

»Seltsam«, murmelte Justus.

»Na ja, vielleicht hatte er eine Wette am Laufen, dass er den Cup gewinnt oder so, und wollte die Tour als Beweis haben. Was weiß ich?« Peter lachte schon wieder. »Freunde, es hat geklappt. Wir werden übermorgen nach Cataract Island fahren, und ich lade euch ein!«

»Das wird phantastisch!«, freute sich Bob. »Wir werden das ganze Wochenende beim Canyoning verbringen. Das soll eine höchst eindrucksvolle Klettertour sein!«

»Genau, das wird ein megamäßiges Kletter- und Sportwochenende«, stimmte Peter zu.

Justus nickte schwerfällig. »Ich bin glücklich, dass ihr so begeistert seid.«

Peter lachte schallend. »Wenn du willst, gebe ich dir davor noch etwas Kletterunterricht, damit du dich bei unserer Tour auch richtig wohl fühlst! Wie wäre es mit heute Nachmittag?«

»Bist du denn nicht müde vom Surfen?«, rief Justus entsetzt. »Du warst bis eben auf dem Wasser, und ich wollte eigentlich heute mit Tante Mathilda und Onkel Titus ein paar neue Klamotten kaufen ...«

Du bist dafür, dass die drei ??? Klettern trainieren sollen? Dann lies weiter auf Seite 13

Wenn die drei ??? lieber zusammen mit Tante Mathilda und Onkel Titus einkaufen gehen sollen, lies weiter auf Seite 17

»Zuerst ein paar Aufwärm- und Dehnübungen!«, rief Peter. Es war Nachmittag, und die drei ??? standen am Strand unterhalb der Steilklippen etwas außerhalb von Rocky Beach.

Peter baute sich vor Justus und Bob auf und begann sofort mit dem Stretching. Justus verzog den Mund. Aber bereits nach wenigen Minuten biss er sich nur noch auf die Lippen und atmete stoßweise. Dazu lief ihm der Schweiß in Strömen über das Gesicht.

»Sehr gut!« Peter hielt inne. Dann gab er Justus und Bob ihre Anseilgurte, die dazugehörigen Karabiner und je einen Steinschlaghelm. »Legt die Gurte um die Hüfte, und setzt die Helme auf. Eure Kletterschuhe habt ihr ja schon an. Die Helme brauchen wir im Canyon auf alle Fälle. Da kann es immer zu Steinschlag kommen. Also, zuerst ziehen wir jeden von euch einfach mal etwas hoch, um den Gurtsitz zu prüfen. Ich sichere das Seil.«

Er warf das Seil um die Sprosse einer der Eisenleitern, die an der Wand befestigt waren, und Justus hakte seinen Gurt ein. Dann zogen Bob und Peter ihn in die Höhe.

»Uff!«, keuchte Bob. »Justus, wie viel wiegst du eigentlich genau?«

»Das macht ihr sehr gut!«, rief Justus fröhlich zurück.

»Der Gurt sitzt perfekt! Wenn ihr mich allerdings noch ein Stück höher ziehen würdet, könnte ich besser übers Meer sehen.«

»Ich glaube, die Höhenluft bekommt ihm nicht!«, murmelte Peter. In diesem Moment hörten sie über sich einen Schrei.

»Vorsicht!«, brüllte eine unbekannte helle Stimme.

Bob sah nach oben. »Oh nein!« Direkt über ihnen am Rand der Steilklippe löste sich eben ein Haufen Geröll.

»Das stürzt direkt auf uns zu«, rief Bob.

Er hatte recht. Aber was noch viel schlimmer war, genau auf dem Weg der Geröllbrocken nach unten, befand sich Justus, der am Seil baumelte.

»Justus«, rief Peter. »Vorsicht, Steinschlag! Halt den Kopf oben! Nur dein Helm schützt dich.«

Justus verstand sofort. Wie ein mächtiger Truthahn schwenkte er in eine möglichst aufrechte Haltung und versuchte sich unter seinem Helm zu verstecken.

»Haltet mich bloß fest!«, brüllte er zurück. Im nächsten Moment prasselten die Brocken auch schon auf ihn herab. Justus hatte Glück. Außer einem mittleren Treffer verfehlte ihn der Rest.

Unten am Strand sahen Peter und Bob einander krei-

debleich an. Die Brocken waren nur zwei Meter vor ihren Füßen in den Sand geprallt.

»Wenn die uns getroffen hätten, dann …« Bob schluckte.

»Wer hat denn da gerufen?« Peter sah hinauf.

Aber jetzt war alles totenstill. Es war, als wäre nie jemand da oben gewesen.

Schnell ließen sie Justus zu sich hinab. Der Anführer der drei ??? hatte die Fassung bereits wiedergewonnnen. »Hattet ihr auch das Gefühl, dass erst der Ruf und dann der Steinschlag kam?«, wollte er wissen.

Bob nickte. »Ja. Aber wieso?«

»Vielleicht, weil das Ganze nur als Warnung gemeint war«, sagte Justus leise.

»Als Warnung wovor?«, rief Peter.

»Nun, ich vermute, nicht nach Cataract Island zu fahren«, sagte Justus sofort. »Das scheint mir die einzig logische Erklärung.«

»Verdammt.« Peter starrte die Steilküste hoch. »Wenn wir nur wüssten, wer das gewesen ist.«

»Ja«, sagte Justus. »Ich habe eine Idee, wie wir das rausfinden können. Aber wir müssen uns bewusst sein, dass dieser Weg gefährlich sein kann.«

»Was meinst du denn?«, fragte Bob.

»Nun, wenn wir nach Cataract Island fahren, wird uns der, der das eben gemacht hat, sicher wieder in die Quere kommen. Das ist aber auch eine Chance, ihn kennenzulernen.«

»Und wenn wir nicht fahren, werden wir natürlich nie erfahren, wer es ist«, sagte Bob düster. »Sicher sind wir nur, wenn wir tun, was unser Gegner von uns will.«

»Wir werden natürlich auf uns aufpassen«, sagte Justus schnell.

»Und wenn wir Kommissar Reynolds um Hilfe bitten?«, schlug Peter vor. »Vielleicht hat er einen Rat für uns, mit dem wir alles unter einen Hut bekommen?«

Wenn du denkst, dass die drei ??? nach Cataract Island fahren sollen, dann lies weiter auf Seite 20

Wenn sie sich lieber an Kommissar Reynolds wenden sollen, lies weiter auf Seite 24

Missmutig trottete Peter hinter Justus und den anderen durch die Kleiderabteilung des größten Kaufhauses von Santa Monica. »Hemden, T-Shirts, lange Hosen, kurze Hosen, Socken«, murmelte er vor sich hin. Das hatten sie bereits alles. Aber offenbar wollte Tante Mathilda noch mehr. »Justus!«, rief sie eben gellend und beugte sich über einen Stapel Unterhosen. »Komm doch mal her!«

Peter rollte mit den Augen. Er wollte klettern und nicht die Nase in Unterhosen stecken! Wenigstens gab es die Rolltreppen. Der Sportlichste der drei Detektive lief auf sie zu. »Leer!« Hocherfreut nahm er Anlauf. Rolltreppen falschrum runterlaufen war zwar nicht das beste Training, aber immer noch besser als nichts. »Wenn ich es in fünf Sprüngen in die nächste Etage schaffe, bin ich Sieger«, rief er sich zu und jagte los. Leider übersah er dabei die Dame mit dem kleinen Hund, die in diesem Moment den Fuß auf die unterste Stufe setzte.

»Ich kann fliegen!« Peter setze gerade zum letzten Sprung an, als sein linkes Bein sich in einer Hundeleine verhedderte. »Äh – ah – Hilfe!« Mit einem lauten Schrei stürzte Peter zu Boden und landete unsanft mit dem Kopf in einem Stapel Plastik-Trecker für Fünfjährige. »Mist!« Er stand auf. Aber nur, um gleich darauf wieder zusammenzusinken. »Mein Fuß!«

Hinter ihm erschienen Justus und Bob. »Was ist denn los?«

»Euer ungestümer Freund hat sich fast den Hals gebrochen«, schimpfte die Dame. »Und das wäre ihm nur recht geschehen.«

Peter stöhnte. »Ich wollte mich nur etwas bewegen.«

Bob beugte sich über ihn. »Damit ist es jetzt erst mal vorbei. Wie es aussieht, hast du dir den Knöchel verstaucht. Und damit ...«

»Ja«, sagte Peter kleinlaut. »Das war es mit dem Canyoning. Tut mir echt leid, Freunde.«

»ÜTSG, Peter«, murmelte Justus. »Rate mal, was das bedeutet!«

Und so endet der Fall mit Peter am Boden. – Das Ende gefällt dir nicht? Dann versuch es doch noch einmal, und gehe zurück auf Seite **12**

P. S. »Übermut tut selten gut« war es wohl, was Justus im Sinn hatte.

Die Fähre, mit der die drei ??? am Kai des kleinen Hafens von Cataract Island anlegten, ließ ein lautes Signal ertönen.

»Gigantisch«, staunte Bob und deutete auf die hohe, von dichtem Wildwuchs überwucherte Hügelkette, die sich inmitten der Insel erhob.

»Das sind die höchsten Berge, die es auf den Inseln hier bei uns vor der Küste gibt«, bestätigte Justus. »Cataract Island ist vulkanischen Ursprungs, deswegen gibt es hier so eine üppige Vegetation.«

»Ja, ganz schön anders als auf Santa Monica Island«, rief Peter. »Da sieht man nur Felsen und Seelöwen.«

»Deswegen ist auch lediglich Cataract Island bewohnt«, erklärte Justus. »Angeblich war das hier sogar mal ein altes Schmugglernest. Wenn es auch nie bewiesen wurde.«

»Oh nein, du witterst doch nicht schon wieder einen Fall?« Peter zog die Stirn kraus. »Wir sind hier zum Klettern, nicht zum Detektivspielen.«

Justus sah Peter strafend an. »Ich habe noch nie Detektiv gespielt«, sagte er mit grollendem Unterton. »Und du hoffentlich auch nicht. Wenn wir uns mit seltsamen, mysteriösen oder anderen Verbrechen beschäf-

tigen, dann ja wohl immer aus gutem Grund: die Wahrheit ans Licht zu fördern. Im Übrigen bin ich auch nicht der Ansicht, dass wir es hier und heute noch mit Schmugglern zu tun bekommen. Denn was auf Cataract Island geschmuggelt wurde, waren Menschen.«

»Du meinst Sklaven?«, rief Bob.

»Nein«, gab Justus zurück. »Es waren chinesische

Einwanderer, die, nachdem 1882 ein Gesetz erlassen wurde, das die Zuwanderung von Chinesen in die USA für über 60 Jahre verbot, illegal in die USA einreisen wollten. Frauen, die zu ihren Männern wollten. Söhne, die zu ihren Vätern wollten.«

»Just! Das ist ja wohl zu lange her, um heute noch was herzugeben«, sagte Peter schnell.

»Aber natürlich!«, rief Bob und lachte. »Wenn du in Geschichte besser aufgepasst hättest, Peter, wüsstest du, dass dieses Gesetz seit 1965 nicht mehr gilt. Aber zwischendurch war es so verschärft, dass sogar Chinesen mit amerikanischem Pass wieder aus den USA rausgeworfen wurden.«

»Verrückt!« Peter schüttelte den Kopf. »Stellt euch vor, nur weil es ein paar Jahre so ein blödes Gesetz gibt, müsste ich plötzlich Rocky Beach verlassen, obwohl ich dort geboren bin. Das wäre das Schlimmste, was ich mir vorstellen kann!«

Justus seufzte. »Aber ihr habt recht. Das braucht uns an diesem Wochenende nicht zu interessieren. Obwohl es wirklich spannend wäre, das alte Versteck zu finden.«

»Keine Angst, noch spannender wird das Klettern«, lachte Peter.

Mit einem Zittern verstummte der Motor der Fähre. Dann wurde die Gangway heruntergelassen.

»Wir sind da, aber wo ist Bill Maddock?« Bob sah sich um. Bill Maddock war der Führer, der die drei ??? beim Canyoning begleiten sollte.

Peter sah in den Prospekt. »Auf dem Foto hat er blonde kurze Haare und sieht ziemlich dünn aus«, sagte er. Aber am Pier stand niemand, auf den die Beschreibung passte.

»Vielleicht kommt er ja gleich«, hoffte Peter.

Die drei ??? gingen an Land. Doch außer einer Gruppe in einiger Entfernung war niemand zu sehen. »Was ist, sollen wir die mal fragen?«, meinte Bob. Im selben Moment hoben die Mitglieder der Gruppe Plakate in die Höhe und stimmten einen seltsamen Gesang an: »Natur, Natur, wir lieben dich nur pur!«

»Nee, die wirken irgendwie komisch«, sagte Peter. »Ich finde, wir warten lieber noch.«

Wenn die drei ??? die Gruppe nach Bill Maddock fragen sollen, lies weiter auf Seite 25

Oder sollen sie warten? Dann lies weiter auf Seite 28

»Unsichtbare Feinde?« Kommissar Reynolds lächelte amüsiert. »Ihr wisst, dass ich euch drei hoch schätze. Aber ist das nicht etwas wirr? Kann es nicht auch einfach ein Haufen loses Geröll gewesen sein, und ihr habt euch den Warnruf eingebildet?«

Justus holte tief Luft. »Stellen Sie sich vor, dass jemand Ihnen Steine auf den Kopf geworfen hätte. Was würden Sie dann tun?«

Reynolds nickte. »Ganz ruhig auf die Insel fahren und eben die Augen offen halten.«

Justus warf Peter einen triumphierenden Blick zu.

»Aber wenn das gefährlich ist?«, rief Peter.

Reynolds lachte. »Wenn Gefahr nicht mein Geschäft ist, würde ich hierbleiben und mir ein ruhiges Wochenende machen. Mit anderen Worten, ich kann euch hier nicht weiterhelfen. Es liegen keine Beweise vor, denen ich nachgehen könnte. Und deswegen sind mir die Hände gebunden. Bleibt mir also nur, euch viel Glück zu wünschen!«

Lies weiter auf Seite 20

Noch während die drei ??? auf die Gruppe zugingen, setzte sich diese in Bewegung. Jetzt erst erkannten die Freunde, dass die Leute Tiermasken trugen und was auf den Plakaten stand: Sperrt die Schlucht!

»Was haben die denn vor?« Bob sah Justus und Peter fragend an.

Im selben Moment kam einer der Protestierenden auf die drei ??? zu. Er trug eine Vogelmaske. »Kein Canyoning auf Cataract Island«, rief er. »Schützt die Natur!«

»Ist das Klettern denn so schlimm?«, fragte Peter.

»Viel schlimmer«, rief der Demonstrant. »Wir wollen hier keine Natur-Kaputt-Touristen. Geht dahin, wo ihr hergekommen seid. Haut ab!«

Unsicher sahen die drei ??? sich an. »Ich verstehe das nicht«, sagte Justus. »Wo ist denn dieser Bill? Und wieso sind die Demonstranten hier und sonst niemand? Gegen wen protestiert ihr denn, außer gegen uns?«

Aber der Mann mit der Vogelmaske antwortete ihm nicht. Schweigend umrundeten er und seine Freunde Justus, Peter und Bob. Dann rief einer mit einer Fuchsmaske plötzlich: »Vergesst den Ausflug! Bill Maddock kommt nicht mehr! Lasst den Canyon in Ruhe!« Dann fingen die seltsamen Naturschützer alle zugleich an zu heulen, zu schnattern und andere merkwürdige Geräusche auszustoßen.

Peter sah seine Freunde unsicher an. »Ich weiß nicht! Ob wir wirklich hierbleiben sollten?«

Hinter den drei ??? tutete ein Signalhorn. Bob drehte sich um und zeigte auf die Fähre, die eben ablegte. »Die Fähre! Wir kommen jetzt nicht hier weg.«

Die Demonstranten lachten und machten wieder Tierlaute. »Solange könnt ihr mal über die Natur nachdenken«, rief einer. »Und was ihr ihr antut!«

Dann drehte sich die Gruppe um und lief davon. Kurz darauf war es am Hafen so still und verlassen, als wäre nie jemand dort gewesen.

Justus sah sich um. »Merkwürdig«, murmelte er und zupfte nachdenklich an seiner Unterlippe. »Könnt ihr mir erklären, was hier vorgeht? Die sagen einfach, wir sollen verschwinden. Aber sie haben nicht mal irgendwelche Informationsblätter oder Unterschriftenlisten dabei. Das ist doch komisch, oder etwa nicht?«

»Dafür war deutlich genug, was sie wollen. Nämlich, dass wir von hier verschwinden«, rief Peter. »Und irgendwie habe ich das Gefühl, dass wir das auch tun sollten!«

»Aber wir haben einen qualifizierten Führer, der die Tour extra nur mit drei Leuten macht. Um nichts zu zertrampeln und es naturschonend zu gestalten. Das steht im Prospekt«, widersprach Bob.

»Vor allem«, sagte Justus, »wüsste ich doch zu gerne, wo Bill Maddock eigentlich steckt? Diese Typen mit den Masken schienen das ja zu wissen!«

Sollen die drei ??? nach Bill Maddock suchen? Dann lies weiter auf Seite 29

Wenn du denkst, es ist besser, Cataract Island zu verlassen, dann lies weiter auf Seite 32

Eine halbe Stunde später hatte sich die seltsame Gruppe verzogen, und der Hafen lag vollkommen verlassen in der Sonne.

»Freunde, so kommen wir nicht weiter«, erklärte Justus. »Und ich sage euch, wenn der Berg nicht zum Propheten kommt, musst der Prophet eben zum Berg gehen!«

Bob seufzte. »Was soll denn das wieder bedeuten?«

»Natürlich, dass wir uns auf die Suche nach Mr Maddock machen sollen«, rief Peter. »Aber soll ich euch mal was sagen? Propheten, Berge, komische Demonstranten, ein Bergführer, der nicht kommt, und ein Steinschlag als Warnung. Das gefällt mir nicht! Ich wollte nur eine richtige Klettertour haben, und jetzt mache ich mir seit einer halben Stunde nichts als Sorgen. Ehrlich, mir reicht's. Ich bin dafür, dass wir die nächste Fähre nehmen und zurückfahren nach Rocky Beach!«

Wenn die drei ??? nach Bill Maddock suchen sollen, lies weiter auf Seite 29

Wenn die drei ??? Cataract Island verlassen sollen, lies weiter auf Seite 32

Laut ihrem Plan im Prospekt lag die Hütte des Canyoning-Führers am Fuße des Cataract Hill, des höchsten Berges der Insel, der sich hinter dem Hafen erhob.

Nach einem Fußweg von einer halben Stunde, erreichten die drei ??? einen breiten Flusslauf, an dessen Ufer die Hütte lag.

»Wow.« Bob deutete in die Höhe.

Vor ihnen öffnete sich ein schmaler Canyon, der mitten in den Berg zu laufen schien. Aus ihm kam das Wasser als schmaler Bach mit großer Wucht hervorgeschossen, ehe es sich in der Ebene zu einem breiteren Fluss ausdehnte.

Peter sah in die Karte. »Das müsste Maddocks Hütte sein.«

»Dann schlage ich vor, wir besuchen ihn«, sagte Justus.

Bob sah sich um. »Die komischen Naturschützer scheinen nicht hier zu sein. Woher wussten die überhaupt, dass wir zu Maddock wollten?«

»Gute Frage«, meinte Justus. »Das sollten wir wirklich rausfinden!«

»Du meinst, die wussten, dass wir zu ihm wollten?« Peter sah Justus fragend an.

»Ich meine, wenn sie das wussten, dann wussten sie auch, wer wir sind. Und dann habe ich die Vermutung, dass sie vielleicht auch für den Steinschlag an der Steilküste verantwortlich sind.«

Bob schüttelte den Kopf. »Warum sollte uns jemand mit allen Mitteln davon abhalten wollen, zu Bill Maddock zu gelangen?«

»Das kann er uns hoffentlich selber beantworten.« Justus ging auf die Hütte zu und zog an der Tür. Aber diese war verschlossen.

»Und wenn Maddock selber damit zu tun hat?«, fragte Peter plötzlich.

Justus hielt inne. »Wie kommst du darauf?«

Peter zeigte auf den blank polierten Schädel eines Tieres, der direkt über der Eingangstür auf einem Balken hing. »Weil das Ding da ganz schön gruselig aussieht«, sagte er leise.

»Du willst also nicht in die Hütte?«, meinte Justus. »Aber was sollen wir denn dann tun?«

Peter zuckte die Schultern. »Vielleicht doch lieber erst mal die Naturschützer suchen und mit denen vernünftig reden?«

Wenn die drei ??? die Hütte betreten sollen, lies weiter auf Seite 34

Wenn dir Peters Vorschlag besser gefällt, lies weiter auf Seite 38

Justus raufte sich die Haare. »Peter, du bist mit Bob zusammen mein bester Freund! Und ich verstehe, dass du dir Sorgen machst. Aber unverrichteter Dinge abziehen, das kann ich einfach nicht! Das ist für mich, als ob ich einen ganzen Kirschkuchen vor meiner Nase habe und nach dem ersten Bissen aufhören muss zu essen. Es ist einfach total gegen meine Natur!«

»Tut mir echt leid, Just, aber manchmal ist eine Diät ganz hilfreich«, fauchte Peter.

»He, Leute!« Bob hob beschwichtigend die Hände. »Jetzt beruhigt euch wieder, wir können doch ...«

»Nein!«, rief Peter. »Ich bin es leid, dass Justus immer alles alleine entscheidet. Diese Tour habe ich gewonnen. Und darum kann ich sie auch absagen. Wirklich, mir ist es egal, was auf dieser Insel passiert. Und ohne Bergführer können wir nicht in den Canyon. Das ist einfach zu gefährlich. Wenn ihr wollt, informieren wir zu Hause den Kommissar. Er kann dann herkommen und nach dem Rechten sehen.«

»Peter«, rief Bob erstaunt. »Was ist denn mit dir passiert?«

»Ich weiß einfach, wovon ich spreche«, gab Peter zurück. »Canyoning ist gefährlich. Und wir wissen nicht mal, ob dieser Maddock nicht mit den komischen Demonstranten zusammensteckt. Also: Nein!« Er ging auf ein Wartehäuschen am Kai zu und setzte sich auf die Bank.

Im Schatten neben ihm saß ein alter Chinese. Der Mann rauchte eine Stummelpfeife und blinzelte Peter plötzlich zu. »Nur der Narr tut, was er nicht lassen kann! Der Weise lässt, was er nicht tun kann. Du ahnst gar nicht, wie klug du dich entschieden hast. Schlimme Gefahren hätten euch gedroht!« Dann lächelte der Mann und stand auf. Mit langsamen Schritten machte er sich auf den Weg ins Innere der Insel.

»Was hat der Mann eben zu dir gesagt?«, rief Bob.

Peter verschränkte die Arme vor der Brust. »Nichts«, stieß er aus. »Überhaupt nichts, nur dass die nächste Fähre in einer Stunde anlegt.« Dann machte Peter die Augen zu. Er sah nicht, wie Justus dem Mann neugierig nachblickte, ehe er resigniert die Schultern sinken ließ.

Und so endet der Fall mit äußerst verstimmten drei ??? einsam im Hafen von Cataract Island. – Das Ende gefällt dir nicht? Dann probiere es doch noch einmal, und lies weiter auf Seite **29**

»Das ist doch nur ein Schädel, den jemand als Schmuck da hingesetzt hat«, protestierte Justus.

»Und wenn es eine Art Geist ist?« Peter sah ängstlich zu dem großen Schädel. »Von Indianern zum Beispiel! So eine Art Wächter? Vielleicht verfolgt uns das Ding in unseren Träumen? Oder es ist ein Schutzgeist der Hütte. So was gibt es, und man sollte solche Wesen besser nicht verärgern. Jedenfalls gehe ich nicht freiwillig in eine Hütte, die von einem Schädel bewacht wird.«

»Und wenn ich dir beweisen kann, dass dieser arme Schädel uns nichts tun wird?«, fragte Justus plötzlich.

»Und wie willst du das beweisen?«

Justus antwortetet nicht. Stattdessen betrachtete er den Boden unter dem Schädel. Dieser war sehr festgetreten. Direkt daneben stand ein alter Baumstumpf. Justus nickte. Dann stieg er schnell darauf, reckte sich und fasste direkt in den Schädel.

»Just, was machst du denn da?«, entfuhr es Bob. »Wenn das wirklich eine Art Schutzgeist ist, dann solltest du ihn bestimmt nicht verärgern.«

Justus sah dem Schädel tief in die leeren Augenhöhlen. »Freund oder Feind?«, sagte er theatralisch. Dann rief er: »Freund, nicht wahr!?«

Im nächsten Augenblick zog Justus aus dem Schädel einen großen silbernen Schlüssel hervor. Triumphierend hielt er ihn Bob und Peter entgegen. »Hereinspaziert, würde ich sagen!«

Bob griff sich aufgeregt an die Brille. »Woher wusstest du das?«

»Als Peter von Indianern anfing, dachte ich, anstatt Geisterlegenden aufzusitzen, nutze ich lieber meinen Verstand. Die Indianer sind doch gute Spurenleser. Na ja. Und die Erde neben dem Stamm ist extrem festgetreten. Daraus habe ich gefolgert, dass jemand möglicherweise den Stamm als Tritt benutzt. Und das und die Höhe des Schädels zusammengenommen, ergaben eine hohe Wahrscheinlichkeit, dass in diesem Schädel etwas verborgen sein könnte. Dass das der Schlüssel für die Hütte war, lag natürlich nah!«

»Oh, Just«, rief Peter. »Wenn du nur einmal etwas erklären könntest, ohne dich so aufzublasen.«

Justus winkte ab. »Ich spreche, wie mein Geist es mir befiehlt. Klar und logisch. Und jetzt gehen wir genauso logisch da rein, ja!«

»Meinetwegen!« Peter und Bob folgten Justus, als der die Tür aufschloss.

Im Inneren sah es unordentlich aus. Schuhe und Kleidung waren auf dem Boden verstreut, und ein ausgekippter Rucksack lag auf dem Bett. Außerdem sahen sie ein Stück von einer zerrissenen Wanderkarte auf dem Boden.

»Komisch«, meinte Bob. »Die Tür war abgeschlossen, aber hier sieht es fast aus, als sei eingebrochen worden.«

Justus nickte. »Vielleicht ist Maddock in extremer Eile aufgebrochen?«

»Oder es hat einen Kampf gegeben?« Peter zeigte auf das abgerissene Stück Karte. Darauf waren der Hafen von Cataract Island und ein Stück des Weges zur Hütte zu sehen.

Justus lächelte. »Wenn mein Geist mich nicht trügt, sollten wir uns dorthin auf den Weg machen, wo das verlorene Stück Karte uns hinweist!«

»Und das wäre?« Peter sah zweifelnd auf.

»In den Canyon«, rief Justus. »Unser Führer ist verschwunden. Und das, wie es aussieht, nicht unbedingt freiwillig! Kann ja sein, dass Bill Maddock Hilfe benötigt!«

Bob nickte. »Und wenn das alles nur zu den Warnungen gehört, die wir bekommen haben? Wäre es dann nicht besser, erst mal einige Erkundigungen einzuziehen?«

»Wo willst du denn das machen?«, rief Peter.

»Im Café am Hafen oder so. Da, wo Menschen sind«, gab Bob zurück.

Wenn die drei ??? nach Bill Maddock suchen sollen, lies weiter auf Seite 41

Wenn die drei ??? zuerst Erkundigungen einholen sollen, lies weiter auf Seite 44

»Sie sind vorhin Richtung Berge verschwunden«, meinte Bob, als die drei ??? wieder am Hafen standen. »Aber laut Karte gibt es hier nichts auf der Insel außer dem Hafen und den paar umliegenden Häusern.«

»Dann ist es unwahrscheinlich, dass die Leute von hier kommen«, befand Justus. Er zeigte auf das Hafencafé. »Fragen wir mal dort nach.«

Doch als die drei ??? am Café ankamen, fanden sie die Tür verschlossen.

»Oh nein, Mittagspause!« Peter sank zusammen. »Da gibt es nur einen Laden, und der macht auch noch zu. Gelobt sei Kalifornien!«

Bob grinste. »Wenigstens wissen wir jetzt, dass die Naturfreunde nicht hier drin sind. Probieren wir es doch mal Richtung Canyon. Möglicherweise haben sie doch dort eine Lager?« Er drehte sich um und wollte losgehen, als Justus ihn am Ärmel packte. »Moment noch!« Der Anführer der drei ??? zeigte auf eine Mülltonne neben dem Café. Der Deckel war nicht ganz geschlossen, weil etwas darunter eingeklemmt lag.

»Eine Tiermaske!« Peter zog eine Affenmaske hervor. »Das ist eine von den Demonstranten. Warum werfen sie die denn weg?«

»Sie wollten wohl nicht erkannt werden«, meinte Justus. »Und jetzt sind sie sozusagen erst recht unsichtbar, da wir sie nur mit den Masken kennen.« Er hob den Deckel hoch und blickte in die Tonne. Dann griff er hinein und wühlte darin herum. »Da liegen die übrigen. Und ...« Justus zog ein Stück Papier hervor.

»Verdammt!«, stieß er hervor, als er es gemustert hatte. Auf dem Zettel standen Peters Name und die Ankunftszeit ihrer Fähre. Darunter klebte ein Foto von Peter auf dem Siegerpodest beim Silverboard Cup. »Die wussten genau, wer wir sind und dass wir kommen, und haben auf uns gewartet.«

Bob nickte. »Und das heißt eindeutig, dass Bill Maddock auch in Gefahr sein könnte.«

»Und wenn sie gar nicht mehr auf der Insel sind?«, rief Peter.

Justus schüttelte den Kopf. »Das glaube ich nicht, Peter. Und außerdem haben diese Typen und Maddock auf alle Fälle eins gemeinsam. Den Canyon nämlich! Deswegen würde ich sagen, wir müssen in den Canyon. Vielleicht hängen ja diese Typen auch mit dem chinesischen Jungen zusammen. Das ist sogar sehr wahrscheinlich!«

»Und wenn sie gefährlich sind?«, gab Peter zu bedenken.

Bob nickte. »Wenn die jemanden entführen, wäre es vielleicht wirklich klüger, wir versuchen erst mal was über sie zu erfahren. Irgendjemand hier muss sie ja gesehen haben und etwas über sie wissen.«

Wenn die drei ??? im Canyon nach Bill Maddock suchen sollen, lies weiter auf Seite 41

Wenn die drei ??? erst Erkundigungen einholen sollen, lies weiter auf Seite 44

»Ich frage mich immer noch, warum jemand einen Bergführer entführen sollte, wenn man doch auch einen Termin mit ihm ausmachen kann?«, meinte Bob. »Das passt doch eigentlich nicht.«

»Es passt aber auch nicht, dass wir heute einen Termin mit ihm hatten, und er nicht da ist!« Justus öffnete seinen Rucksack und nahm seinen Helm heraus. »Und dieser chinesische Junge ...«

»Ging Son Chang«, rief Peter.

»Ja, der wollte unbedingt heute hierher. Ich bin sicher, dass das alles zusammenhängt.«

»Aber ein einzelner Junge kann doch keinen erwachsenen Mann entführen.« Bob tippte sich an die Stirn.

»Das nicht unbedingt, aber er muss ja nicht alleine handeln. Und diese Bande von Naturschützern gehört vielleicht zu ihm.«

Peter nickte nervös. »Okay, wir suchen Mr Maddock im Canyon. Irgendwie ist das alles echt merkwürdig. Aber eins ist klar. Ich gehe voran, und ihr folgt meinen Anweisungen. Ich bin der erfahrenste Kletterer.«

Justus lächelte. »Ich hatte gehofft, dass du das sagst, Peter. Es ist eine große Freude für mich, dass du dich der neuen Aufgabe der drei ??? so mutig stellst.«

»Jaja.« Peter seufzte und packte ebenfalls seinen Rucksack aus.

Wenig später kam es den drei ??? so vor, als hätten sie die Zivilisation bereits seit einer Woche verlassen. Sie standen am Fuße des Canyons neben dem rauschenden Wildwasserbach und blickten in das schmale Tal über sich.

»Alles Felsen«, meinte Bob beeindruckt. »Kein Weg oder Pfad in Sicht.«

»Deswegen heißt es ja Canyoning«, strahlte Peter. »Man folgt dem Wasserlauf in einer Schlucht.«

Bob zog sein Handy aus der Tasche und machte es an. »Mist«, verkündete er kurz darauf. »Hier gibt es keinen Empfang. Wenn wirklich was ist, sind wir von der Welt abgeschnitten.«

»Es ist aber noch nichts«, sagte Justus energisch. »Darüber sollten wir uns wirklich keine Gedanken machen.«

»So gleichgültig kenne ich dich überhaupt nicht«, rief Peter. »Ehrlich gesagt, bin ich diesmal nicht deiner Meinung. Wir sollten uns schon überlegen, was wir tun, wenn wir Hilfe brauchen. Wenn wir zum Beispiel dringend eine Nachricht schicken müssen.«

»Ich verstehe nicht, wieso du dir solche Sorgen machst, Peter«, antwortete Justus. »Außerdem ist es ganz leicht, eine Nachricht zu senden. Dafür ist doch alles hier. Ich möchte damit jetzt nur keine Zeit verschwenden.«

»Aber ich«, rief Bob. »Mir geht es genauso wie Peter. Ich möchte auch wissen, was wir tun können, falls wir eine Nachricht schicken müssen.«

Sollen die drei ??? gleich losklettern? Dann lies weiter auf Seite 50

Wenn die drei ??? zuerst Justus' Nachrichtensystem ausprobieren sollen, lies weiter auf Seite 53

Die drei ??? beschlossen, Haus für Haus durch den Hafen zu gehen und zu fragen.

Der erste Mensch, der ihnen öffnete, war eine alte Dame mit einem Dutt und freundlichen Zügen. »Guten Tag, wir sind Justus Jonas, Bob Andrews und Peter Shaw aus Rocky Beach«, stellte Justus sie vor. »Wir hatten heute eine Canyoning-Tour bei Bill Maddock gewonnen, aber dann ist er nicht aufgetaucht. Und außerdem haben einige seltsame Demonstranten versucht, uns von der Tour abzuhalten. Kennen Sie die vielleicht? Oder können Sie uns etwas zu Mr Maddock sagen?«

Die Frau sah Justus an und lächelte. »Wissbegierige Jungs seid ihr. Und ja, das kann ich. Bill ist ein junger Kerl aus Oklahoma und erst seit einigen Monaten hier. Er macht alle paar Wochen seine Touren und ist ein feiner Kerl. Aber Demonstranten? Da müsst ihr euch geirrt haben. Auf Cataract Island leben genau 27 Menschen, und keiner davon hat je demonstriert. Manchmal spuckt die Fähre ein paar junge Leute an Land, die an den Strand gehen. Aber im Inneren ist die Insel wild und undurchdringlich.«

»Aber vorhin waren Leute hier, unten am Café«, warf Bob ein. »Es waren bestimmt fünf oder sechs.«

»Ach so.« Die Frau lachte. »Dann waren es wahrscheinlich die Kinder von Joe. Er ist der Besitzer des Cafés. Aber die sind jetzt raus zum Fischen. Eine richtige Rasselbande ist das. Sie verkleiden sich immer als Trolle und so etwas, irgendeine Fantasygeschichte, die sie gerade lesen. Na ja, Hauptsache, sie lesen! Ich weiß das alles, weil ich sie unterrichte. Ich bin nämlich auch die Dorflehrerin von Cataract.«

»Hm«, meinte Justus und fragte dann: »Wir haben gehört, dass die Insel früher ein Schmugglernest war und sich angeblich chinesische Einwanderer hier versteckt hielten?«

Die Frau lächelte. »Jaja, ich kenne die Legende. Die Villa des schwarzen Drachen. Aber ehrlich gesagt, ich glaube sie nicht. Meine Großmutter hat mir davon erzählt. Aber der einzige Chinese, den ich je hier gesehen habe, ist ein Junge, der vor einigen Tage hier war und mich das Gleiche gefragt hat wie ihr. Ach so, und natürlich der alte Hu, der auf der Fähre arbeitet. Aber der lebt drüben auf dem Festland. Na, ich hoffe, ich konnte euch etwas weiterhelfen. Macht euch keine Sorgen. Bill ist jung und etwas versponnen. Wahrscheinlich klettert er gerade fröhlich in den Felsen und hat euch vergessen.

Das ist ihm schon mal passiert. Ihr wisst ja, wie die Männer aus Oklahoma sind.« Sie kicherte und winkte den drei ??? zum Abschied, ehe sie die Tür schloss.

»Wow, mehr kann man wohl auf Anhieb nicht erfahren«, sagte Bob.

»Der chinesische Junge war hier«, nickte Justus. »Das ist ein klarer Hinweis, dass er etwas sucht.«

»Die Villa des schwarzen Drachen vielleicht«, schlug Bob vor.

»Die es wahrscheinlich gar nicht gibt.« Peter blickte über den Hafen und die Berge. »Oder er ist einfach ein Verwandter des alten Hu. Und an dem ist ja wohl nichts Geheimnisvolles als normaler Arbeiter auf der Fähre. Vielleicht sollten wir ihn einfach mal fragen.«

»Und warum wollte er dann in den Canyon?«, rief Justus. »Natürlich, weil es dort irgendein Geheimnis gibt! Und zum Glück haben wir die nötige Ausrüstung dabei, dort hineinzuklettern!«

Wenn die drei ??? in den Canyon gehen sollen, lies weiter auf Seite 50

Wenn die drei ??? lieber den alten Hu suchen sollen, lies weiter auf Seite 47

Es verging eine Weile, ehe die Fähre das nächste Mal anlegte. Die drei ??? erkannten den alten Hu sofort. Der dünne Mann hatte einen grauen Haarkranz und stand an Deck des Schiffes, wo er eine Leine in Händen hielt. Nachdem das Schiff vertäut war, sprachen die drei ??? ihn an.

Der alte Hu musste mindestens 70 sein. Sein rundes Gesicht war voller Falten, und sein Lächeln entblößte eine Reihe so strahlender Zähne, dass es sich nur um ein Gebiss handeln konnte.

Mit schief gelegtem Kopf hörte er sich die Fragen der drei ??? an. »Chinesen auf Cataract Island?«, kicherte er. »Ein schönes Märchen, nicht wahr?« Mit einem Aufblitzen in den Augen musterte er die drei ???. »Verborgene Villen, Drachen, vielleicht sogar ein Schmugglernest? Jungen träumen doch von so was, nicht wahr? Ja, mein Neffe. Ich habe ihm die alte Legende erzählt. Ihr wisst ja: Wenn die Menschen nur von dem sprächen, was sie verstehen, würde ein großes Schweigen auf der Erde herrschen. Ich hatte ihm verboten, sich zu lange auf der Insel aufzuhalten. Aber er wollte nicht hören und hat die Fähre verpasst. Ihr wisst ja, unsere Wünsche sind wie kleine Kinder. Je mehr man ihnen nachgibt, umso anspruchsvoller werden sie.« Der alte Hu kicherte. »Musste er eben zwei Stunden warten. Er hat mich besucht, jaja, aus China. Hat mir einen schönen Rettichkuchen mitgebracht.« Wieder kicherte der alte Mann und steckte sich eine Stummelpfeife an, aus der gleich darauf ein stinkender Qualm zog.

»Er hat sich so gelangweilt hier, dass er am nächsten Tag nicht mal mehr an den Strand wollte, um endlich das Schwimmen zu lernen.«

Hinter ihnen ertönte das Signalhorn der Fähre.

»Ach«, murmelte der alte Hu. »Mein lieber Neffe. Jetzt ist er wieder daheim. Ihr wisst ja, das Leben meistert man lächelnd oder überhaupt nicht.« Plötzlich sog er scharf die Luft ein. »Wenn ihr wollt, nehme ich euch mit ans Festland. Mein armer Neffe war ja ganz krank. Ihm ist das Wasser hier nicht bekommen. Schlechtes Wasser hier auf der Insel, sagt man schon immer. Es macht krank. Ja, krank. Ihr wisst ja, nur der Dumme lernt aus seinen Fehlern, der Kluge aus den Fehlern der anderen. Und dann ist es plötzlich zu spät: Ein gefällter Baum wirft keinen Schatten mehr!« Auffordernd sah er die drei ??? an.

Peter wurde bleich.

»Freunde«, flüsterte Justus schnell. »Es ist klar, dass er uns was vorlügt. Unser chinesischer Junge ...«

»Konnte sehr wohl schwimmen«, ergänzte Peter. »Ich weiß, sonst hätte er nicht surfen können. Aber wenn er jetzt vielleicht gar nicht mehr schwimmt? Ich habe das eindeutige Gefühl, hier noch weiter rumzustöbern könnte echt gefährlich werden.«

»Was sagt ihr?«, rief der alte Hu. »Habe ich richtig gehört? Ein jeder kehre vor seiner eigenen Tür, dann wird die ganze Straße sauber? Wie recht ihr habt!«

Bob nickte. »Ich weiß nicht, was hier vorgeht, aber ich glaube auch, es ist Zeit zu verduften. Ich will nicht als gefällter Baum enden, der keinen Schatten mehr wirft.«

Nachdenklich sah Justus seine Freunde an. Dann meinte er. »Ein Sprichwort kenne ich auch: Wer nicht wagt, der nicht gewinnt! Und je unheimlicher ein Fall wird, desto näher sind wir der Lösung. Ich will mich auf die Suche machen. Ich will in den Canyon.«

Wenn die drei ??? in den Canyon steigen sollen, lies weiter auf Seite 50

Wenn du glaubst, dass es sicherer ist, Cataract Island zu verlassen, lies weiter auf Seite 56

»Seht ihr, dass eine solche Tour gut überlegt sein sollte?« Peter stemmte sich gegen den reißenden Bach, während er Justus und Bob sicherte, die in ihren Neoprenanzügen und mit aufgesetzten Helmen durch einen hüfthohen Tümpel auf einen Felsen zu wateten und heftig keuchten.

Seit drei Stunden waren die Freunde inzwischen im Canyon unterwegs. Sie hatten sich über glitschige Felsen gequält, waren über Baumwurzeln geklettert und fast die ganze Zeit durchs Wasser gelaufen. Jetzt standen sie an einem kleinem Wasserfall, der vor ihnen über den Fels in die Tiefe schoss.

»Wenn du damit meinst, dass das ein grundsätzlich ziemlich nasser Sport ist, allerdings!«, schnaufte Justus.

Peter lachte. »Der Reiz liegt für mich in der schwer vorhersehbaren Strecke. Man weiß nie, wie es hinter der nächsten Biegung aussieht!« Er sah, dass seine Freunde den Tümpel durchquert hatten, und sprang nun mit einem gewaltigen Satz hinter ihnen her in das Wasserbecken, wo er elegant landete. Als er wieder auftauchte, sagte er glücklich: »Nur mit Badesachen oder normaler Wanderkleidung ist man hier schlecht beraten. Wer dem Weg des Wassers folgt, muss rutschen

und klettern, springen und sich abseilen. Und die Landschaft ist doch wohl einmalig, wenn man sie von hier sieht, oder? Habe ich euch zu viel versprochen?«

Die drei ??? blickten sich um. Sie standen in der Schlucht direkt unter dem Wasserfall. Darüber waren einige Baumwipfel und ein Stück Waldrand zu erkennen.

»Ich steige als Erster hoch und lege das Seil«, erklärte Peter. »Wenn ich sicher bin, gebe ich euch Zeichen durch Rucken.« Seine Augen blitzten. Dann stieg er, ohne zu zögern, den Felsen neben dem Wasser hoch und verschwand gleich darauf hinter einem großen Brocken.

»Ein Glück kann Peter so gut klettern«, hob Bob gerade an, als Justus ihn am Arm packte. Mit großen Augen zeigte er auf einen Schatten, der noch über den Felsen, wo Peter hochgestiegen war, eben im Wald verschwand.

»Da ist jemand«, sagte er tonlos. »Und Peter klettert ihm genau in die Arme.«

»Vielleicht ist das ja Bill Maddock, und alles ist in Ordnung«, sagte Bob.

Justus schüttelte den Kopf. »Ich habe kein gutes Gefühl. Aber wir können Peter nicht einfach warnen. Von hier unten hört er uns nicht.«

»Aber natürlich können wir das«, rief Bob. In seiner Hand hielt er das untere Ende des Kletterseils. »Wir müssen nur daran rucken. Das kriegt Peter ja mit.«

»Aber wenn er sich danach auffällig verhält? Wenn er irgendwohin klettert, wo er uns sehen kann, und dadurch entdeckt wird, was machen wir dann?«

Wenn Justus und Bob Peter ein Zeichen geben sollen, lies weiter auf Seite 57

Wenn sie ihm kein Zeichen geben sollen, lies weiter auf Seite 63

»Freunde, ich hätte euch wirklich für einfallsreicher gehalten«, verkündete Justus. »Okay, Bob, dann gib mir mal deine Jacke.«

»Wofür denn?«

Justus schüttelte den Kopf. »Weil ich sie eben brauche.«

Während Bob seine Windjacke auszog, klaubte Justus schnell etwas Holz und einige Büschel Gras zusammen. »Der älteste Fernmeldeapparat der Welt«, erklärte er hoheitsvoll. Dann schichtete er das Holz auf, knüllte ein Stück Papier in die Mitte und zündete es an. Kurz darauf brannte ein munteres Feuer, in das Justus nun die Grasbüschel warf. Nach wenigen Augenblicken entwickelte sich dunkler Rauch.

»Bitte, Freunde!« Justus nahm Bobs Jacke und hielt sie über die Flammen, sodass sich der Rauch darunter sammelte. Dann ließ er in rascher Folge einige größere und kleinere Rauchwolken aufsteigen.

»Rauchzeichen!«, rief Peter. »Aber meinst du wirklich, dass wir damit im Notfall jemanden benachrichtigen können?«

»Aber sicher, er muss nur das Morsealphabet beherrschen und ...«

Im selben Augenblick raschelte es hinter den drei ???.

»Seid ihr verrückt geworden?« Eine Gruppe wütender Fischer schob sich auf die drei ??? zu. »Ihr dummen Stadtjungen könnt doch nicht mitten im Wald einfach ein Feuer entfachen. Wir haben gedacht, auf unserer Insel ist ein Waldbrand ausgebrochen. Ihr seid doch wirklich verantwortungslos.«

»Entschuldigung«, setzte Justus an. »Sie irren sich. Wir haben lediglich Rauchzeichen ...«

Der Mann schnaufte. »Wenn ihr Würstchen grillen wollt, dann macht das zu Hause mit euren Eltern!« Wütend trat der Mann das Feuer aus. Ein anderer packte die Rucksäcke der drei ??? und warf sie ihnen zu. »Verantwortungslose Kinder sind das Letzte, was wir hier brauchen. Was ihr hier treibt, geht vielleicht in Indianerfilmen. Aber ihr habt gegen den Naturschutz verstoßen. Ihr könnt dankbar sein, wenn wir euch nur von der Insel schicken ohne weitere Strafe!«

»Entschuldigen Sie, Sir, aber ...« Justus stemmte die Hände in die Hüften. »Wir wissen genau, was wir tun. Wir haben lediglich ein Notfallzeichen geprobt, und wir sind keine ...«

»Ist ja gut, Junge. Du bist jetzt in Sicherheit.« Der

Mann packte Justus und Bob unwirsch am Arm, während sein Kollege Peter wegführte. »Und jetzt Abmarsch. Die Fähre geht in zehn Minuten. Auf der Rückfahrt könnt ihr in Ruhe darüber nachdenken, wie man sich richtig in den Natur verhält.«

»Oh nein«, sagte Bob bedrückt. »Da haben wir wohl Mist gebaut.«

Peter nickte. »Mit diesen Rauchzeichen haben wir uns echt selber verkohlt.«

Und so endet der Fall mit drei unglücklichen ??? und einem Geheimnis, das wohl unentdeckt bleiben wird. – Das Ende gefällt dir nicht? Dann probiere es doch noch einmal auf Seite 43

Justus, Peter und Bob lehnten an der Reling der Fähre und sahen zu, wie Cataract Island am Horizont verblasste.

Hinter ihnen kicherte es. »Eine kluge Wahl, meine jungen Freunde. Darf ich euch vielleicht ein Stück Rettichkuchen anbieten?«

Justus drehte sich um. Vor ihm stand der alte Hu und hielt einen Teller mit einem weißlichen Kuchen in der Hand. Justus schüttelte den Kopf. »Tut mir leid, Mr Hu, aber ich habe im Moment überhaupt keinen Appetit.«

Der alte Hu nickte. »Ihr wisst ja, alle Menschen sind klug, die einen vorher, die anderen nachher. Ihr seid es jetzt zum Glück vorher. Und das Nachher hätte ich euch wirklich nicht gewünscht! Jaja.«

Der alte Mann wandte sich um und verschwand unter Deck.

»Ich mag keine Sprichwörter«, sagte Justus. »Schon gar nicht, wenn ich mich davon verkohlt fühle!«

Und so endet dieser Fall. – Das gefällt dir nicht? Dann probier es doch noch einmal, und geh zurück zur Seite 49

»Wir müssen Peter ein Zeichen geben«, beharrte Bob. »Wenn wir ihn nicht warnen, geht er vielleicht in die Falle!«

»Na gut«, stimmte Justus zu. »Hoffentlich versteht er, was wir meinen! Wir hätten ein Signal ausmachen sollen für Gefahr, aber das haben wir vergessen.«

Ohne länger zu zögern, ruckte Bob dreimal kurz an dem Seil. »Er wird es bestimmt kapieren«, sagte er ruhig.

Peter befand sich in diesem Moment fast oben am Felsen, wo das Wasser über eine Kante nach unten floss. Als er das Rucken spürte, dachte er zuerst, er habe sich mit dem Kletterseil verhakt. Ruhig blieb er stehen und sah nach unten. Doch das Seil hing straff und glatt herab.

Der Sportlichste der drei Detektive sicherte seine Stellung im Fels und überlegte. Wenn das Seil sich nicht verhakt hatte, hieß das, dass Justus und Bob ihm ein Zeichen geben wollten. Aber warum? War alles in Ordnung bei ihnen?

Peter klammerte sich mit einer Hand an den Fels und beugte sich, so weit er konnte, nach hinten. Aber seine Freunde blieben außer Sichtweite.

»Mist«, murmelte er. Wenn unten etwas passiert war, musste er ihnen zu Hilfe kommen. Für einen Augenblick überlegte Peter, ob er sich einfach mit dem Wasser abwärtsrutschen lassen sollte. Beim Canyoning waren solche rasenden Fahrten normal. Man benutze das Wasser wie eine Rutsche und fuhr auf dem Rücken abwärts. Mit einiger Übung machte das sogar ziemlichen Spaß.

Aber andererseits, wenn die beiden angegriffen worden wären, würden sie ihn nie und nimmer nach unten holen, sondern darauf hoffen, dass er ihnen unbemerkt zu Hilfe käme. Vielleicht waren sie ja auch überwältigt worden, und der Gegner zog am Seil? Auch das war möglich. Oder aber sie wollten ihn auf etwas ganz anderes aufmerksam machen. Etwas, das ...

Peter wandte den Kopf und sah über sich. Da! Er hatte richtig gedacht. Bob und Justus hatten etwas gesehen, was ihm beim Klettern entgangen war. Einige Meter über ihm begann der Wald am Canyonrand. Und zwischen den Bäumen machte Peter eine Bewegung aus. Schnell presste er sich an den Felsen. Da oben war jemand! Jemand, dem Peter, wenn er über die Kante geklettert wäre, direkt in die Arme gelaufen wäre.

Plötzlich brach ihm der kalte Schweiß aus. Was sollte er nur machen? Er saß hier fest. Andererseits konnte er auch nicht ewig warten. Das Wasser zerrte an ihm. Vielleicht blieb er unbemerkt, wenn er sich nach unten rutschen ließ. Aber vielleicht weckte das auch erst die Aufmerksamkeit der da oben?! Peter konzentrierte sich. Und er fand eine Lösung. Der Bach musste sein Versteck werden! Er würde sich in der Deckung des Wassers nach oben schieben.

Wie ein Aal glitt er in den Wasserstrom. Langsam und vorsichtig kletterte er die letzten Meter in die Höhe. Dann schob er Zentimeter für Zentimeter seinen Kopf über die Kante. Das Wasser umsprudelte ihn, zog und zerrte, aber es versteckte ihn auch.

Peter hob langsam den Kopf. Direkt am Waldrand, versteckt unter den Bäumen, stand ein kleine Gruppe Chinesen. Viel konnte Peter im Halbdunkel nicht erkennen. Aber dann schnappte er plötzlich nach Luft! Das war der chinesische Junge vom Strand. Ging Son Chang! Der Junge trug ein völlig durchnässtes rotes T-Shirt. Und hinter ihm an einem Baum hockte ein Amerikaner. Das musste Bill Maddock sein. Der Mann zog ein Gesicht wie sieben Tage Regenwetter. Was war da los?

Peter machte sich klein. Was wollte dieser Junge hier? Wie war er hier hochgekommen, wenn nicht mit Bill Maddock? Und wer war überhaupt diese Gruppe? Aufmerksam beobachtete Peter, wie ein Mann der Bande mit dem Jungen redete, der irgendwie mutlos die Schul-

tern zuckte und sich dann umdrehte. Hatte er einen Befehl bekommen? Oder gehörten die Männer doch zu ihm?

Nach einigen Minuten war der Junge mit den anderen im Wald verschwunden. Peter überlegte. Erst war der Junge scharf aufs Canyoning, so scharf, dass er Peter den Gewinn abkaufen wollte. Dann versuchte er die drei ??? von der Tour abzuhalten, wenn er es war, der die Geröllawine losgetreten hatte. Und schließlich kletterten er und diese Bande offenbar gar nicht wirklich den ganzen Canyon hoch, sondern nur einen Teil, um dann im Wald von Cataract Island zu verschwinden. Was hatte das alles zu bedeuten? Und welche Rolle spielte Bill Maddock dabei?

Peter hob den Kopf. Er war wieder alleine. Sollte er die Bande verfolgen, um rauszukriegen, was sie vorhatten? Oder war es besser, die Spur vielleicht zu verlieren und Bob und Justus nach oben zu helfen?

Wenn Peter Bob und Justus holen soll, lies weiter auf Seite 66

Wenn Peter die Gruppe verfolgen soll, lies weiter auf Seite 70

Meter um Meter schob sich Peter am Rande des Wasserfalls in die Höhe. Zum Glück hielt sein Neoprenanzug ihn warm. Er hielt inne und sah über sich. Die Kante, über die das Wasser stürzte, lag direkt vor ihm. Peter streckte die Arme aus, fand Halt und zog sich ruhig nach oben. Geschafft!

Er streckte Arme in die Höhe – und erstarrte. Direkt vor ihm am Waldrand stand ein Gruppe von Chinesen und sah zu ihm herüber. Und mitten unter ihnen befand sich Ging Son Chang. Unglücklich sah der Junge zu ihm herüber. »Peter Shaw!«, stieß er hervor.

Dann ging alles sehr schnell. Drei der Männer rannten durch das flache Wasser auf Peter zu und umringten ihn. »Keinen Schritt weiter! Wer bist du?«

Peter verstand kein Wort. »Ich mache hier einen Ausflug!«, sagte er trotzig.

»So wie der da, was?«, lachte einer der Männer grob. Er führte ihn zu Ging Son Chang.

»Es tut mir leid, Peter Shaw!«, sagte der Chinese leise.

»Peter Shaw?«, sagte ein Mann, den Peter erst jetzt bemerkte. Er war Amerikaner und stand mit gefesselten Händen an einen Baum gelehnt. »Dann bist du also gar nicht Peter Shaw?« Er sah den chinesischen Jungen an.

»Nein, Mr Maddock, das war nur ein Trick, damit Sie mich hierherführen.«

»Ruhe alle zusammen!« Einer der Bande legte die Finger an die Lippen. »Du.« Er zeigte auf Peter. »Was benutzt ihr für Zeichen, um euch zu verständigen?«

»Aber da ist keiner außer mir!«, sagte Peter schnell.

»Du kletterst doch nicht alleine mit einem Seil hier hoch«, sagte der Mann drohend. »Raus damit, oder ich stoße den Bergführer den Wasserfall runter.«

Peter sah Bill Maddock an. Der war kreideweiß geworden.

»Am Seil rucken«, sagte Peter verächtlich.

Leider reagierten Justus und Bob darauf. Und so nahm die Bande kurz darauf auch sie in Empfang.

»Herzlich willkommen in unserer Runde!« Ein Mann mit Glatze und einem langen schwarzen Zopf kam auf die drei ??? zu. »Hu!« Er sah einen älteren Mann an. »Gib unseren Gästen bitte Tee.«

»Jawohl, Mr Lee!« Sofort schenkte der Angesprochene dampfenden Tee in fünf Tassen, die er den drei ??? und den beiden anderen Gefangenen reichte.

»Peter Shaw.« Ging Son Chang stupste Peter an. »Es tut mir leid, dass ich deinen Namen missbraucht habe.

Ich hatte einen sehr wichtigen Grund dafür, und ich möchte dich um Verzeihung bitten.«

»Ruhe!« Mr Lee stieß den Jungen an. »Ich werde euch alle mit zu mir nehmen. Als meine Gäste natürlich. Und jetzt fesselt sie!« Seine Männer kamen auf die drei ??? und den chinesischen Jungen zu. Im selben Moment warf sich Ging Son auf Mr Lee. »Das lasse ich nicht zu!«

»Los«, rief Peter Justus und Bob im selben Moment zu. »Unsere einzige Chance: Flucht nach vorne!«

»Moment«, rief Justus. Doch Peter rannte schon.

Lies weiter auf Seite 85

Peter wand sein Ende des Seils um einen Felsen. Dann ruckte er kurz daran.

Von unten erfolgte ein Gegenruck, und zehn Minuten später standen Bob und Justus, vollkommen durchnässt, aber beruhigt, neben ihrem Freund oberhalb des Wasserfalls.

»Danke für die Warnung«, sagte Peter. »Ohne die hätte ich die Bande nicht bemerkt.«

»Was mich darauf bringt, dass wir unbedingt eine Zeichensprache abmachen müssen für den Fall, dass uns so was wieder passiert«, bemerkte Justus grimmig. »Ich würde sagen, einmal rucken bedeutet *alles okay* und dreimal *Gefahr.*«

»Und ohne Seil bedeutet eine flach gehobene Hand *alles okay*, eine Faust *Gefahr* und mit dem Zeigefinger einen Kreis winken *sofort umkehren*«, fügte Bob hinzu.

Justus grinste. »Gibt es auch Zeichen für *Hurra, geschafft*?«

Peter schüttelte ernst den Kopf. »Dafür brauchen wir keins. Nur für Notfälle.«

»Kommt, Leute!« Bob zog das Seil hinter ihnen hoch. »Das war eben wirklich knapp, und Peter hat recht. Wo ist die Bande denn hin?«

»Da lang.« Peter deutete in den Wald. Dann erklärte er, worüber er nachgedacht hatte.

»Sehr gut«, stimmte Justus ihm zu. »Wer hier mit wem zusammenhängt und warum, das müssen wir rausfinden! Gut, zuerst: Warum sind die im Wald verschwunden?«

Er sah sich um. Vor ihnen lag der Bach, der über einige Meter als tiefe Rinne verlief. Dahinter kam eine enge Schlucht, in der das Wasser wild brodelte. »Vielleicht hatten sie Angst, da durchzugehen? Bob, ist auf der Karte irgendwas zu sehen, das ein Hinweis sein könnte?«

Bob zog die wasserfeste Karte der Insel heraus und breitete sie aus. Dann schüttelte er den Kopf. »Hier ist nur Wald zu sehen und der Canyon.«

Ratlos blickten die drei ??? in den dichten Wald.

Schließlich sagte Justus: »Wir kommen so nicht darauf, hinter was die her sind. Bleibt uns also nur eins – sie zu verfolgen.«

Sie stiegen an den Rand des Canyons und schlichen in den Wald. Die Bäume waren hoch, und es herrschte kühles Dämmerlicht.

Bob deutete auf einen abgebrochenen Zweig. »Da lang!« Er ging voran, und Peter und Justus folgten ihm.

Der Waldboden war weich und von alten Nadeln bedeckt, auf denen sich keine Spur ausmachen ließ. Doch plötzlich blieb Justus stehen und bückte sich. Er hielt ein Stück roten Stoff in der Hand.

»Was ist das denn?«, wollte Peter wissen.

»Keine Ahnung.« Justus rieb den Stoff zwischen den Fingern. »Fühlt sich an wie Baumwolle.« Er spähte voraus. »Da vorne liegt noch eins«, sagte er plötzlich.

Der Anführer der drei ??? lief weiter in den Wald. Tatsächlich lag auf dem weichen Boden in fünfzig Meter Entfernung noch ein Stück Stoff.

»Eine Spur!«, rief Peter. »Aber wieso legt da jemand eine Spur?«

»Bill Maddock?«, stieß Bob hervor. »Sie haben ihn entführt, und er versucht, eine Spur zu legen!«

»Das könnte sein.« Justus ballte die Faust. »Das sieht wirklich nach einer ernsten Sache aus.«

In diesem Moment flammte ein Stück vor ihnen eine Art Blitz zwischen den Bäumen auf. Dann knallte es laut, und sofort darauf waren panische Stimmen zu hören. Peter warf sich zu Boden. Doch kaum lag er in Deckung, wurde es schlagartig wieder still.

»Was war das?«, flüsterte Bob.

Peter winkte heftig mit dem Zeigefinger einen Kreis. Aber Justus hielt ihn zurück. »Peter, denen vor uns ist vielleicht was passiert! Dann müssen wir helfen.«

»Und was«, sagte Bob, »wenn uns da vorne genau das Gleiche passiert?«

Sollen die drei ??? weiter in den Wald vordringen? Dann lies weiter auf Seite 74

Oder sollen sie lieber umkehren? Dann lies weiter auf Seite 77

Schnell und leise wie ein Schatten folgte Peter der Gruppe durch den Wald.

Je länger Peter hinter ihr herlief, desto deutlicher gewann er den Eindruck, dass nicht etwa Bill Maddock der Anführer war, sondern vielmehr einer der Chinesen. Und auch Ging Son Chang schien nur zu gehen, wohin ihm gesagt wurde.

Peter blieb stehen und zog rasch mit dem Fuß einen Pfeil in den Boden, damit Justus und Bob ihm folgen konnten. Vorausgesetzt, sie waren ihm überhaupt nachgeklettert. Peter warf einen Blick zurück. Zwischen den Bäumen war nichts von seinen Freunden zu sehen.

Vor ihm zischte etwas. Peter zuckte zusammen. Was war das? Er spähte voraus. Die Gruppe verschwand eben zwischen einigen Bäumen. Wenn er sie nicht aus den Augen verlieren wollte, musste er weiter.

Der Wald wurde dichter. Was wollten diese Leute nur hier mitten im tiefsten Dickicht? Und was hatte das Ganze mit Chinesen zu tun? Irgendwie hatte Peter ein mulmiges Gefühl bei der Sache. Da!

Vor ihm zischte es wieder. Diesmal hatte er es ganz deutlich gehört. Es hatte geklungen wie eine sehr laut zischende Schlange. Gab es hier Schlangen?

Nein, nein, beruhigte sich Peter. Wenn eben die Gruppe hier langgekommen war, waren die Tiere geflüchtet. Die meisten Tiere waren eher scheu und zogen sich vor Menschen zurück. Aber was hatte er dann gehört?

Wenn nur Bob und Justus bei ihm wären.

Wieder sah Peter hinter sich. Hatte sich da nicht etwas bewegt?

»Just?« Fast hätte Peter laut gerufen. Aber wenn das gar nicht Justus war! Und überhaupt, hatte er eben einen oder zwei Schatten gesehen? Justus und Bob oder etwas ganz anderes Unbekanntes?

Der Wald wirkte auf einmal viel dunkler. Peter schauderte. Er hätte nicht alleine hierherkommen sollen. Die ganze Idee mit dem Canyoning ohne Bergführer war verrückt. Was habe ich überhaupt hier zu suchen?, dachte er.

Wie zur Antwort auf seine Frage knallte es plötzlich vor ihm im Wald. Und wie! Ein lautes Krachen hallte zwischen den Baumwipfeln und eine Wolke aus warmer Luft schoss Peter mitten ins Gesicht.

»Ah!« Erschrocken sprang er zurück und stolperte dabei über eine Wurzel, sodass er unsanft mit dem Gesicht auf dem Boden landete. Mitten in etwas Rotem!

»Oh nein!« Was war das? Blut? Peter zuckte zurück. Um ihm herum hing ein stechender, fieser Geruch. Scharf und irgendwie giftig. Um Himmels willen, was war das?

Peter sah das rote Ding an. War das ein Stofffetzen? War da vorne etwas explodiert? Dann war das doch hoffentlich nicht der Rest von etwas, das die Explosion zerrissen hatte! Peter keuchte. Angestrengt lauschte er in den Wald. Dann atmete er plötzlich auf. Zwischen den Bäumen klangen Stimmen auf. Die Menschen lebten. Der Stofffetzen war ja auch gar nicht verbrannt. Wie konnte er nur so dumm sein? Aber warum lag er dann hier?

Peter blickte auf. Da vorne lag noch einer! Wenn nur Bob und Justus da gewesen wären! Im selben Moment legte sich eine Hand auf Peters Schulter.

»Ah!« Er zuckte zusammen und drehte sich um. Wer oder was auch immer das war, Peter würde sich nicht kampflos ergeben.

»Peter!«, flüsterte eine Stimme. »Wir sind es doch!«

Peter stieß die Luft aus. Vor ihm standen Bob und Justus.

»Super, dass du die Spur gelegt hast«, sagte Bob

schnell. »Diese roten Stofffetzen waren echt gut zu sehen!«

»Aber das war ich nicht«, sagte Peter und sah seine Freunde ratlos an.

Lies weiter auf Seite 74

Die drei ??? drangen vorsichtig tiefer in den Wald vor. Nichts war zu hören, und die Stille wirkte irgendwie beunruhigend.

»Was haben wir da nur eben gehört?«, rätselte Bob.

»Ich hoffe, dass wir das bald sehen werden«, meinte Justus. Der Anführer der drei ??? lugte immer wieder zwischen den Stämmen vor ihnen durch und schnüffelte dann in der Luft. »Findet ihr nicht auch, dass es verbrannt riecht?«, murmelte er.

»Feuer!« Peter blieb alarmiert stehen. »Das wäre das Letzte, das wir im Wald gebrauchen können.«

»Es riecht nicht wie Feuer«, sagte Justus. »Eher wie Feuerwerk oder so was.«

Im selben Moment blieb Bob stehen. »Was ist das?«

Zur ihrer Rechten schimmerte etwas Helles durch den Wald. Aufmerksam musterten die drei ??? das seltsame Leuchten.

»Was ist das hier nur?«, flüsterte Peter.

Plötzlich näherten sich Schritte und zwischen den Bäumen tauchte ein Mann auf. Er kam ohne Umschweife auf die drei ??? zu. Der Mann hatte ein Glatze und einen langen schwarzen Zopf und war eindeutig ein Chinese. Dann blieb er stehen und musterte sie streng.

»Willkommen in der Villa des schwarzen Drachen«, sagte er mit sanfter Stimme. »Auch wenn ich euch darauf aufmerksam machen muss, dass ihr euch unerlaubt auf Privatgelände befindet.«

»Aber da waren gar keine Schilder, Mr ...«, rief Peter erschrocken.

»Lee«, sagte der Mann. »Nun, vielleicht habt ihr sie nur nicht gesehen. Vor Aufregung, aus schlechtem Gewissen oder aus Überanstrengung!«

Mr Lee hob den Arm. Im selben Augenblick verschwand das Glitzern zwischen den Bäumen, und die drei ??? sahen vor sich ein dunkelrotes Schild, auf dem in blauen Buchstaben chinesische Zeichen standen.

»Vielleicht konntet ihr sie ja auch nur nicht lesen.« Mr Lee lächelte schmal. »Darf ich euch einen Tee anbieten? Die Villa des schwarzen Drachen ist mein Haus. Ich hoffe, ihr habt euch nicht verirrt. Oder sucht ihr etwas?« Wieder sah er die drei ??? merkwürdig lächelnd an.

Schnell ließ Peter seinen Zeigefinger kreisen. Das war das Zeichen, das die drei ??? für ›sofort umkehren‹ verabredet hatten.

Doch Justus schüttelte den Kopf. »Mister Lee«, sagte er. »Wir wären hocherfreut, Ihre Gäste zu sein.«

Wenn die drei ??? Mr Lee folgen sollen, lies weiter auf Seite 82

Oder hat Peter recht und es wäre besser zu fliehen? Dann lies weiter auf Seite 85

»Und wenn die Leute in Gefahr sind?«, schimpfte Justus. »Wir können sie doch nicht einfach im Stich lassen!«

»Das sage ich auch nicht!«, gab Peter zurück. »Aber erstens sind wir bisher eher davon ausgegangen, dass von diesen Leuten Gefahr ausgeht. Und zweitens sollten wir auf keinen Fall blind in eine mögliche Falle laufen. Passt auf, wir gehen jetzt erst mal zurück zum Hafen und informieren die Leute von der Insel, dass Bill Maddock verschwunden ist. Wir erzählen ihnen, dass wir eine Verabredung mit ihm hatten und dass er nicht aufgekreuzt ist.«

Bob sah Peter bewundernd an. »Das klingt logisch und überzeugend«, stimmte er zu.

»Aber wenn wir ihnen erzählen, dass Maddock ein Gefangener von Unbekannten ist, lachen sie sich nur tot«, rief Justus. »Ihr wisst doch, wie stur die meisten Inselbewohner sind. Die glauben doch nicht an das, was ihnen drei hergelaufene Jungen von der Küste erzählen.«

»Trotzdem«, beharrte Peter. »Das ist allemal besser, als blindlings irgendwo reinzutappen, wo uns nachher keiner mehr rausholen kann.«

»Und jetzt hört auf, euch zu streiten«, befahl Bob. »Bis jetzt sind wir noch in Sicherheit. Und ich finde, das ist das Wichtigste!«

Als die drei ??? eine Stunde später wieder am Hafen standen, waren sie bald von einer Gruppe Fischer umringt, die ihnen ungläubig zuhörte.

»Noch mal! Was wollt ihr gesehen haben?«

Bob blieb ganz ruhig. »Es hat gezischt und geknallt, und ...« Die Fischer begannen zu grinsen. »... und eine Bande von Chinesen ...«

»Hahaha!« Einer der Fischer lachte laut. »Jetzt weiß ich, was ihr uns für ein Seemannsgarn auftischen wollt! Die Villa des schwarzen Drachen. Jungs, da müsst ihr aber früher aufstehen. Davon haben uns unsere Großmütter schon an langen Winterabenden erzählt.«

Ein anderer Fischer nickte. »Es gibt keine Drachen. Das müsst ihr doch wissen. Ihr seid doch groß genug.«

Justus wurde rot. »Das meinen wir ja auch nicht. Vielmehr neigen wir zu der Ansicht ...«

»Bitte was?«, fragte der erste Fischer.

Justus wurde noch röter. »Ich könnte mir vorstellen, dass das Ganze ein Trick ist wie eine Geisterbahn ...«

»Geisterbahn?«, rief ein dritter Fischer. »Junge, hier gibt es gerade mal genug Strom am Hafen, um die Kneipe zu beleuchten. Da oben ist reine Wildnis. Und der einzige Chinese, den es hier gibt, ist der alte Hu. Und der fährt vom Festland aus auf der Fähre.«

»Die Jungen haben Angst, als Drachenfutter zu enden«, lachte der erste Fischer.

»Drachenfutter!«, rief ein Zweiter. »Wisst ihr noch, was das ist?«

Jetzt lachten alle laut und dröhnend. »Aber ja! So haben wir die Rosen genannt, die wir gekauft haben, um unsere Ehefrauen zu besänftigen, wenn wir nachts zu spät nach Hause gekommen sind.«

»Na, Jungs«, meinte ein Alter lächelnd. »Für so was seid ihr aber noch zu frisch!« Die Fischer lachten. »Oder sagt mal, ihr habt doch wohl nichts getrunken?« Er beugte sich zu Justus und roch an dessen Mund. »Nein, scheint nüchtern zu sein!«

Wieder lachten die Fischer.

»Und was ist mit Bill Maddock?«, rief Bob verzweifelt.

»Bill Maddock.« Einer der Fischer kicherte. »Bill ist aus Oklahoma hergekommen, weil er gerne in Tälern rumklettert. Der spinnt sowieso. Dass der euch was von Drachen erzählt hat, das kann ich mir vorstellen.«

»Jetzt hören sie doch mal zu!«, rief Peter.

Aber die Fischer grinsten nur, bis eine Stimme plötzlich sagte: »Jetzt verkohlt die Jungs nicht. Ihr wisst alle, dass es hier einen Drachen gibt.«

Ein alter, wettergegerbter Fischer kam auf die drei ??? zugestiefelt.

»Es gibt wirklich einen Drachen?« Bob starrte ihn an. Der Mann nickte schwer.

»Aber das bleibt unter uns! Kommt mit!« Er führte die drei ??? auf sein Schiff, und alle Übrigen folgten ihnen schweigend.

Dann griff er in eine Kiste und holte einen Papierdrachen heraus, den er mit einem einfachen Wurf in die Luft flattern ließ. Die Leine drückte er Justus in die Hand. »Drachen sind ein uraltes Spielzeug«, lächelte der alte Fischer gutmütig. »Ihr habt völlig recht. Die haben die Chinesen schon steigen lassen, als bei uns noch alles Urwald war. Und den hier schenke ich euch. So, und jetzt geht spielen und lasst uns arbeiten.«

Und damit ließen die Fischer die drei ??? alleine stehen.

Und so endet der Fall des schwarzen Drachen mit Justus Jonas an der Leine des Drachens. – Du denkst, das ist kein Ende für echte Detektive? Dann probier es doch noch einmal, und geh zurück auf Seite **69**

»Just, bist du wahnsinnig?«, flüsterte Peter. »Wir können doch nicht einfach mit dem Typen mitgehen. Noch dazu, wo eben die ganze Gruppe vor uns verschwunden ist!«

»Eben deswegen«, gab Justus leise zurück. »Warum schleicht denn dieser Mr Lee durch den Wald, genau in dem Augenblick, als die Gruppe verschwindet? Das kann kein Zufall sein! Und ich bin der festen Überzeugung, dass wir herausfinden sollten, warum das so ist!«

Peter stöhnte. Im selben Moment drehte sich Mr Lee zu den drei ??? um. »Meine sehr verehrten Gäste, ist eine Schale grüner Tee genehm?«

Verdutzt sah Bob seine Freunde an. »Hier, mitten im Wald?«, fragte er dann vorsichtig. Es hatte den Anschein, als sei Mr Lee ein ziemlicher Spinner.

»Ach so!« Mr Lee lächelte sein merkwürdiges Lächeln. »Wir sind ja gar nicht mehr im Wald. Ihr habt es nur noch nicht bemerkt. Wahrscheinlich genauso wie die Schilder vorhin. Entschuldigung.«

Er ging zwischen zwei Bäumen hindurch und hantierte an etwas herum. Plötzlich gingen über den drei ??? einige Lampen an. Im selben Moment bemerkten sie, dass sie in einer Art Spiegelkasten standen und die meisten der Bäume, die sie sahen, nur die Abbilder des Waldes hinter ihnen waren. Die Spiegel fuhren nun hinunter, während sich gleichzeitig hinter ihnen eine breite Glasfront in die Höhe schob, die kurz darauf als großes Panoramafenster den Wald hinter ihnen zeigte. Die einzigen echten Bäume in dem Raum waren eine Gruppe von Fichten, zwischen denen Mr Lee stand.

»Die Villa des schwarzen Drachen«, sagte er jetzt, während er die erstaunten Augen der drei ??? beobachtete, »ist ein wenig geheimnisvoll. Mein Vorfahre, der ehrenwerte Meister Zing, hat sie vor über hundert Jahren errichten lassen. Und, wie soll ich sagen, ein Haus geschaffen, das sich in die Natur einfügt. Salons wechseln sich ab mit Wintergärten, luftige Foyers mit Veranden. Es gibt Grotten mit immerzu plätschernden Brunnen, dunkle Gänge und natürlich ein Teehaus.«

»Wahnsinn!« Bob sah sich um. Eben hatten sie sich noch wie mitten im Wald gefühlt, und nun standen die drei ??? in einer prächtigen Villa!

»Das sind alles versenkbare Spiegelwände und Fenster!«, rief Peter.

»Ja«, murmelte Justus. »Die Fenster öffnen den Raum nach draußen, und hier drinnen erscheint auf den hebbaren Spiegeln die Landschaft. Das ist ein richtiges Chamäleonhaus. Aber warum?«

»Ein Spleen.« Mr Lee lächelte schwach. »Mein Vorfahre war reich. Und ihr wisst ja, wie reiche Leute sein können. Doch deswegen seid ihr sicher nicht hier. Vielmehr fragt ihr euch, wohin die seltsame Gruppe verschwunden ist, oder?« Mr Lee wandte sich um und deutete auf eine schwarze Tür. »Wenn ich euch nun in meine Teehaus bitten darf? Dort gibt es die Antwort.«

Sofort hielt Peter Justus am Ärmel fest. »Tut mir leid, aber da gehe ich nicht mit.«

»Bleib ruhig, Peter.« Justus zeigte unauffällig auf einen Fetzen roten Stoffs, der in der Tür klemmte. »Wir sind bestimmt auf der richtigen Spur. Und hier riecht es immer noch so komisch nach Feuerwerk.« Laut sagt er: »Aber Peter, Mr Lee ist nur gastfreundlich. Und Gastfreundschaft sollte man annehmen!«

Wenn die drei ??? ins Teehaus mitgehen sollen, lies weiter auf Seite 90

Wenn du denkst, dass dies viel zu gefährlich ist, lies weiter auf Seite 97

»Dann aber ab durch die Mitte!«, rief Peter und sprintete auch schon los.

Wie ein aufgescheuchtes Rudel Rehe jagten die drei ??? durch den Wald. *Wummms* – im selben Augenblick prallte der Anführer der drei ??? gegen eine unsichtbare Wand. »Aua!« Er hielt sich die Nase und stöhnte schmerzerfüllt auf.

Neben ihm rumste es ebenfalls. Diesmal brüllten Bob und Peter. »Was ist das denn?« Peter hielt sich ein Knie.

Justus sah auf und streckte die Hand aus. Direkt vor seiner Nase war etwas Hartes und Unsichtbares. Er fasste es an. »Das ist eine Scheibe«, rief er erstaunt. »Man sieht sie nur, wenn man sehr genau hinschaut. Wir sind mitten im Wald gegen ein Riesenfenster gelaufen. Das muss hier eine Art Spiegelkabinett sein oder so.«

»Freunde!«, rief Bob mit zittriger Stimme. »Und das ist noch nicht alles!« Er zeigte über sich.

Zwischen den Bäumen schwebte, leicht und vollkommen lautlos, ein mächtiger dunkler Drache. Er hatte ein schuppiges Gesicht mit Hörnern und ein breites Maul mit gewaltigen, spitzen Zähnen.

»Puh!« Peter hielt sich die Nase zu. »Der stinkt total verfault.«

»Ja«, nickte Justus, der kaum wagte, Luft zu holen. »Da wird einem richtig übel …«

Im selben Moment fing der Drache zu zischen an. Dabei sank er abwärts. Dann knisterte es um ihn herum, als wäre die Luft elektrisch geladen. Und im nächsten Moment stieß er ein Fauchen aus, dass den drei ??? Hö-

ren und Sehen verging. Der eklige Gestank breitete sich um ihre Köpfe aus. Justus spürte, wie ihm schwarz vor Augen wurde. Mit vernebelten Sinnen nahm er wahr, wie der Drache sich in einen mächtigen Feuerblitz verwandelte. »Das gibt es nicht«, flüsterte Justus. Dann sank er in Ohnmacht.

Lies weiter auf Seite 88

Als Justus Jonas wieder erwachte, saß er an einem winzigen goldenen Tisch in einem winzigen Teehaus. Vor ihm stand Mr Lee und lächelte milde.

»Wo sind meine Freunde?«, fragte Justus.

Mr Lee lächelte etwas breiter. »Ihr hättet gleich den Tee mit mir trinken sollen. Tee erleuchtet den Verstand, schärft die Sinne, verleiht Leichtigkeit und Energie und vertreibt Langeweile und Verdruss. Ihr drei werdet eine Weile meine Gäste sein. Eine ganze Weile. Ja, einige Jahre, wie ich vermute. Alle eure Jahre eigentlich. China ist ein großes Land, und ihr werdet Zeit brauchen, bis ihr die Sprache gelernt habt. Aber ihr werdet sie lernen. So wie Bill Maddock. Und der kleine Chinese wird euch sicher dabei helfen. Du musst nicht wissen, wieso und warum und weshalb. Der Schwarze Drache hat es so gewollt.«

Er reichte Justus eine Tasse. »Trink jetzt! Dann schlaf. Und wenn du aufwachst, wirst du in Schanghai sein. Es wird dir nichts passieren. Du wirst lediglich die USA nicht wiedersehen. Aber das hast du doch selbst so gewollt, nicht wahr, mein kleiner Abenteurer?«

Mr Lee winkte und ein Diener trat hinzu, der genau darauf achtete, dass Justus den Tee bis zum letzten

Tropfen trank. Justus musste gehorchen. Der Diener grinste. »Es gibt leckeres Essen bei uns, du pummeliger Kerl. Das wird dir schmecken!«

Justus fiel in einen tiefen Schlaf. Er träumte von Quallensalat, gebratenen Hühnerfüßen und gerösteten Kaulquappen. Als er wieder aufwachte, saßen Peter und Bob vor ihm. Sie trugen seltsame lange Kittel und Strohhüte.

»Just, endlich bist du wach!«, rief Bob.

»Ja«, sagte Justus. »Und ich habe vielleicht einen Hunger. Kirschkuchen wäre prima! Ihr könnt euch nämlich gar nicht vorstellen, wovon ich die ganze Zeit geträumt habe.«

Bob verzog das Gesicht. »Ach, Just, und du kannst dir gar nicht vorstellen, was es hier zu essen gibt! Wir sind nämlich in Schanghai.«

Justus hielt die Luft an. »Tut mir leid, Bob«, sagte er dann leise. »Aber ich fürchte, das kann ich!«

Und so endet der Fall des schwarzen Drachen mit Quallensalat und gebratenen Hühnerfüßen. – So ein Essen am Ende gefällt dir nicht? Dann versuch es doch noch einmal, und beginne von vorn.

Kurz darauf standen die drei ??? mit Mr Lee in einem kleinen Teehaus. Der Raum war rund. In der Mitte stand ein dunkelrot lackierter Tisch, darüber ruhte auf zierlichen goldenen Säulen ein ebenfalls goldenes Dach, auf das ein schwarzer Drache gemalt war. An der hinteren Wand befand sich eine schwarz lackierte Tür, zu deren beiden Seiten mehrere prachtvolle Drachenbilder aufgehängt waren.

Justus schnüffelte unauffällig. »Der Feuergeruch ist weg«, raunte er. »Aber jetzt finde ich, dass es ausgesprochen streng nach frischer Farbe riecht!«

»Allerdings«, flüsterte Bob. »Vielleicht ist das alles hier neu gemacht?«

»Sicherlich fragt ihr euch nach der Herkunft und dem Grund für diese Villa«, hob Mr Lee an. »Nun, wie ihr vielleicht wisst, gab es Ende des vorvorigen Jahrhunderts in den USA einen großen Hass auf Chinesen.«

»Das ist uns bekannt«, sagte Justus höflich. »Das Gesetz von 1882, der *Chinese Exclusion Act*!«

Mr Lee sah erstaunt auf. »Ach, wirklich? Dann seid ihr drei Kinder gebildeter als manche eurer Mitbürger. Nun, das ungerechte Gesetz betraf auch einen meiner Vorfahren, der schon viele Jahre hier in Kalifornien gelebt hatte und Amerikaner geworden war. Als er gezwungen wurde, das Land, dessen Bürger er geworden war, zu verlassen, zog er sich nach Cataract Island zurück. Er besaß mehrere große Wäschereien, und mit dem Erlös konnte er diese Villa bauen. Er nannte sie die Villa des schwarzen Drachen. Er selbst war der Schwarze Drache! Und nun versteht ihr sicher auch, warum sie, wie euer Freund es vorhin genannt hat, wie ein Chamäleon wirkt. Mein Vorfahre liebte nicht nur die Natur. Er hatte auch allen Grund, sich wegen des Gesetzes in ihr verborgen zu halten.«

»Natürlich«, rief Justus. »Aber es wurde später doch aufgehoben.«

»Das wurde es«, bestätigte Mr Lee. »Dennoch verbrachte mein Vorfahre mit seiner Familie einige Jahre hier versteckt. In dieser Zeit, da er nicht arbeiten konnte und bescheiden leben musste, widmete er sich der Kunst. Und so schuf er, wie ihr hier seht, einige echte Meisterwerke chinesischer Drachenmalkunst.« Mr Lee wies auf den schwarzen Drachen an der Decke.

»Ach, deswegen riecht es hier so nach Farbe«, platzte Peter heraus. Justus stieß ihn an, aber es war zu spät.

Mr Lee fuhr zusammen. »Äh, ja«, sagte er schnell.

»Die Bilder sind sehr berühmt. Und leider auch sehr wertvoll.«

»Wieso denn leider?«, rief Peter aufgeregt.

Mr Lee lächelte wieder. »Das bringt mich zum Grund meiner Geschichte. Was ich euch eben anvertraut habe, ist ein wohl gehütetes Geheimnis. Ist es jedenfalls gewesen. Bis vor einiger Zeit eine Bande elender Halsabschneider in Hong Kong es herausfand. Diese Bande hat es auf meine Bilder abgesehen. Seit Monaten sind sie hinter mir her. Diebe und Räuber, ehrfurchtloses Gesindel.« Um Mr Lees Mundwinkel zuckte es wütend. »Die Bande will mich ausrauben. Heute haben sie es bis zu meiner Villa geschafft. Aber ich war vorbereitet, und habe sie, nun ja, dem Drachen geopfert. Das war der Knall, den ihr vorhin gehört habe. Und ihr werdet ja auch das Feuer gerochen haben.«

»Aber ja«, platzte Peter heraus. »Natürlich haben wir das das. Aber ein Drache?«

Mr Lee hob bestimmt die Hand. »Ein Drache, so ist es. Ihr hättet das natürlich nicht mitbekommen sollen. Solche Sachen gehen nur uns Chinesen etwas an. Aber ihr wart nun einmal in der Nähe. Leider. Darum ...« Er klatschte in die Hände, und eine schwarz lackierte Tür öffnete sich. Ein Diener erschien und stellte vier Schalen und eine Kanne dampfenden Tee auf den Tisch. Dann schenkte er ein. Mr Lee nickte einladend.

»Darum bitte ich euch, nehmt meine Einladung zum Tee an. Die Bande ist nicht mehr. Und ich will auch keinen weiteren Ärger heraufbeschwören. Lasst uns darum auf den Frieden trinken, der hoffentlich von nun an wieder einkehren wird. Für mich und für euch!« Er schob den drei ??? ihre Tassen zu. »Möge euch ein langes und friedliches Leben beschieden sein.«

»Mr Lee«, rief Justus in diesem Moment. »So einen Drachen würde ich gerne mal sehen!«

»Vielleicht hast du ja Glück.« Mr Lee hielt Justus seine Tasse hin. »Aber nun trink!«

»Wahnsinn!«, jubelte Justus. Er packte eine Schale. »Los, Freunde, trinkt! Das ist toll! Echter Tee und echte Drachen. Ein Glück haben wir auf unserer Klettertour den Knall gehört und gedacht, dass jemand Hilfe braucht. Danke, Mr Lee!« Justus hob seine Teeschale und stand auf. Die andere Hand streckte er in die Luft und ballte sie zur Faust. Das Zeichen, dass die drei ??? für ›Gefahr‹ verabredet hatten. Dann stürzte er den Tee in einem Zug hinunter. »Auf Sie, Mr Lee!«

Bob und Peter sahen sich schnell an. Was hatte Justus nur vor. Es sah ganz so aus, als würde er eine Show veranstalten, um sie zu warnen. Aber was wollte er? Die beiden griffen ebenfalls nach ihren Schalen, als Justus sich plötzlich umdrehte. Er rempelte seine Freunde an, sodass Bob und Peter ihren Tee verschütteten.

»Oh«, rief Justus und rollte mit den Augen. »Mir ist so komisch!« Schnell blinzelte er Peter und Bob zu. »Nicht trinken, nur so tun!«, zischte er. »Alles wie ich!«

Er griff die Teekanne und schenkte allen drei nach. Bob und Peter setzten die Schalen an die Lippen. Wie sie an Justus' nassem Kragen sehen konnten, hatte er sich den Tee in den Nacken gekippt und nur so getan, als tränke er. Das machten sie ihm jetzt nach.

Justus drehte sich wieder um und begann zu schwanken. Einen Moment später kippte er plötzlich wie vom Blitz getroffen um und blieb mit geschlossenen Augen liegen.

»Mr Lee?«, sagte Bob leise. Dann machte er einfach die Augen zu und ließ sich sinken. Peter tat dasselbe.

Einen Moment später hörten die drei ???, wie sich eine Tür öffnete und Mr Lee zu jemandem sagte: »Sie werden jetzt ein paar Stunden schlafen. Bis dahin will ich,

中 有

dass hier Ordnung herrscht.« Dann schloss sich die Tür und Ruhe trat ein.

Justus öffnete die Augen. »Okay«, verkündete er, »gute Arbeit, der falsche Kerl ist weg.«

Auch Peter schlug die Augen auf. »Woher wusstest du das, Justus?«

Der Anführer der drei ??? lächelte. »Wieso sollte eine Diebesbande Stoffspuren legen, wenn sie auf dem Weg zu einem Raub ist? Ich vermute vielmehr, dass Täter und Opfer nicht ganz die sind, als die Mr Lee sie darstellt. Deshalb war ich einfach misstrauisch.«

»Und was bedeutet das alles?«, rief Bob leise.

»Dass wir den Fall neu überdenken sollten«, gab Justus zurück.

»Aber wenn dieser Drache wirklich Leute in Luft aufgelöst hat, dann sollten wir das besser nicht hier tun«, sagte Peter leise.

Wenn die drei ??? in der Villa des schwarzen Drachen weiterermitteln sollen, lies weiter auf Seite 100

Wenn die drei ??? sich erst mal in Sicherheit bringen sollen, lies weiter auf Seite 97

Es kam nicht oft vor, dass Peter Shaw den Kopf verlor. Aber heute, in diesem seltsamen Haus, in dem angeblich Drachen hausten, spürte der sportliche Junge das dringende Bedürfnis, die Füße in die Hand zu nehmen und einfach wegzulaufen.

Nur musste er davon auch Justus und Bob überzeugen. Denn eins war klar: Ohne seine Freunde würde er nicht wegrennen.

Leider war Justus mit logischen Argumenten nicht unbedingt vor drohenden Gefahren zu schützen. Im Gegenteil! Peters Erfahrung sagte ihm, dass jedes Argument, dass er zur Flucht vorbringen würde, von Justus mit einem unschlagbaren Gegenargument widerlegt werden würde.

»Just! Ein Drache ist ein gefährliches Monster, dem wir einfach nicht gewachsen sind.«

»Aber Peter – es gibt keine Drachen! Wie könnten wir ihnen also nicht gewachsen sein?«

»Just! Dieser Mr Lee ist total unangenehm. Er hat irgendwas Schlimmes vor, das spüre ich!«

»Das habe ich auch schon erkannt, Peter. Aber genau deswegen müssen wir doch rausfinden, was er vorhat!«

Justus würde nie nachgeben. Das war vollkommen klar! Also tat Peter das einzig logisch Mögliche. Er drehte sich um und rannte los.

Justus stöhnte auf. »Peter, bleib sofort stehen!« Aber natürlich tat Peter das nicht. Das war wirklich etwas, das er Justus voraushatte. Er war sportlicher und sehr viel schneller. Wenn Justus ihn aufhalten wollte, dann musst er sich schon in Bewegung setzen. Und genau das wollte Peter von ihm. Dass er ihm nachlief.

Hinter ihm wurden die Schritte von Bob und Justus hörbar. Peter legte noch einen Gang zu. Er hatte wieder den Wald erreicht und flitzte jetzt zwischen den Bäumen entlang. Im selben Moment tauchte direkt vor ihm aus einem Baumstamm ein Schild auf, auf dem ein Drache abgebildet war.

»Was zum Kuckuck?« Peter blieb stehen.

»Drachenwarnung!«, schnaufte Bob hinter ihm. »Schon wieder so ein Schild. Die müssen in den Bäumen verborgen sein. Irre! Wie macht er das nur mit den Schildern?«

»Wahrscheinlich irgendein Illusionstrick«, keuchte Peter. »So mit Spiegeln und ...«

»Wartet doch mal!« Hinter ihnen kam Justus angelaufen. »Seht ihr das? Das war es, was ich befürchtet habe! Wegrennen hilft nichts. Dieser Mr Lee ist uns immer einen Schritt voraus. Es ist sein Revier, in das wir eingedrungen sind. Wir sind hier einfach seinen Tricks ausgeliefert.«

»Aber jetzt weiß er auch, dass wir ihm auf den Fersen sind«, rief Bob. »Jetzt gibt es kein Zurück mehr.«

»Hm.« Justus sah ihn und Peter unwillig an. »Das ist leider wahr! Wie ich immer sage: Voreiliges Handeln schadet nur. Aber jetzt ist es wirklich zu spät. Okay, dann bleibt uns wohl nichts anderes übrig, als weiterzurennen. Aber eins sage ich euch, sobald wir in Sicherheit sind, holen wir sofort Kommissar Reynolds – und dann rollen wir die ganze Geschichte hier gründlich auf!«

Lies weiter auf Seite 85

»Wir sind bisher davon ausgegangen, dass die Bande und der chinesische Junge zusammengehören. Aber vielleicht stimmt das gar nicht! Was wäre, wenn der Junge alleine handelt und die ihn geschnappt haben?« Justus überlegte.

»Aber was macht er dann hier? Er wäre wahrscheinlich immer noch ein Dieb!« Peter zeigte auf die Drachenbilder ringsumher.

»Wenn Mr Lee die Wahrheit gesagt hat«, warf Bob ein. »Was nicht bewiesen ist!«

»Und sogar eher unwahrscheinlich«, bekräftigte Justus. »Wir müssen rausfinden, was in der Villa des schwarzen Drachen vor sich geht. Und vielleicht finden wir ja auch den Jungen, Ging Son Chang.«

Die drei ??? gingen zur schwarz lackierten Tür. Wie erwartet, war sie offen. »Das Schlafmittel muss echt ziemlich stark gewesen sein, wenn die hier alles offen lassen!« Peter rieb sich über den nassen Nacken.

Bob zog die Tür weiter auf. Hinter ihr führte eine Treppe in die Tiefe. Vorsichtig und so lautlos wie möglich stiegen die drei ??? sie hinab. Am Fuß der Treppe angekommen, lag ein langer, dunkler Gang vor ihnen. Lediglich im Abstand weniger Meter brannten Flammen in kleinen Leuchtern an der Wand, die alle durch ein dünnes Rohr verbunden waren.

»Das sind alte Gaslampen!«, flüsterte Bob erstaunt. »Dass es so was noch gibt!«

Im Schein der Lichter warfen die drei ??? unruhige Schatten an die Wand. »Ich vermute«, sagte Justus, »dass die Villa wirklich ein altes Versteck ist. Und heute lässt sich so ein gut verborgenes Versteck natürlich zu allerlei anderem nutzen!«

»Du meinst Schmuggel«, flüsterte Peter.

»Das wäre durchaus eine Möglichkeit«, nickte Justus. Im selben Moment stolperte er. »Mist!«

Peter hielt ihn fest. Im schwachen Schein der brennenden Flammen sahen sie, dass ein riesiger Haufen Holzspäne vor ihnen lag.

»Was hat denn das wieder zu bedeuten?« Unsicher sah Bob sich um.

»Offene Flammen und Holzspäne!« Justus knurrte. »Die Bewohner dieser Villa haben auf alle Fälle gefährliche Angewohnheiten.«

Die drei ??? gingen weiter. Nach wenigen Schritten mündete der Gang in eine Grotte. Auch hier brannten dutzende von Flammen. In der Mitte erhob sich ein großer Brunnen aus grünem Stein, auf dem ein schwarzer Drache Wasser spuckte.

Justus sah in den Brunnen. Ein tiefer Schacht führte hinab, in dem das Wasser dunkel glänzte. Aber es stand nicht einfach im Brunnen, sondern floss irgendwo in der Tiefe eindeutig ab. »Sieht so aus, als würde der Brunnen aus dem Fluss gespeist«, sagte Justus. »Großartig! Frischeres Wasser kann man nirgendwo bekommen!«

»Diese Villa ist ein richtiger Palast«, flüsterte Peter.

»Und ein Labyrinth«, meinte Bob und zeigte auf mehrere Gänge, die von der Grotte abgingen. Dann trat er plötzlich an den ersten Gang heran. »Hier riecht es wieder nach Farbe«, verkündete er.

Peter schnupperte ebenfalls. »Und wie! Man könnte meinen, Mr Lee hat die Maler im Haus.«

Im selben Moment bückte sich Justus und hob einen roten Stofffetzen auf. Direkt dahinter öffnete sich ein anderer Gang. Fragend sah er seine Freunde an.

Wenn die drei ??? dem Stofffetzen folgen sollen, lies weiter auf Seite 104

Wenn die drei ??? dem Farbgeruch folgen sollen, lies weiter auf Seite 112

Der Gang, der von der Drachengrotte abging, war dunkel und eng. »Wenn wir wenigstens eine Taschenlampe hätten«, knurrte Peter.

»Oh, wir Dummköpfe, dass wir daran nicht gedacht haben.« Justus tastete an der Wand entlang. Sofort fand er, wonach er gesucht hatte. »Hier läuft auch so ein Rohr wie in den anderen Gängen. Sucht doch mal nach einem Schalter, mit dem man die Flammen anmacht!«

Sofort tastete Peter ebenfalls umher. »Hier ist ein Drehknopf!« Er drehte daran und ein leises Zischen wurde hörbar.

»Halt!«, rief Bob. »Da strömt Gas aus, aber es brennt nicht von alleine. Das müssen wir lassen! Ich habe eine andere Idee.«

Während Peter die Leitung wieder zudrehte, holte Bob einige der Holzspäne, über die Justus vorher gestolpert war. Er hatte einen angezündet und benutzte ihn als Lichtquelle.

»Super, Bob! Für Licht wäre gesorgt!« Mutig schritt Justus voran. Im flackernden Schein des Spans wand sich der Gang lang dahin, ohne dass irgendetwas Auffälliges zu sehen gewesen wäre. Dann machte er eine Kurve. Die drei ??? gingen um sie herum.

»Halt!«, rief Bob und hob den Span in die Höhe. Direkt vor ihnen standen zwei große goldene Drachen, zwischen denen sich eine schmale Tür befand.

Peter sog die Luft ein. »Was ist das denn? Wächter zu Aladins Schatzhöhle?«

»Aladin war kein Chinese«, flüsterte Justus. Er ging auf die Tür zu. »Abgeschlossen.« Aber im oberen Drittel der Tür war ein Gitter eingelassen. Justus winkte Bob, und der hob den Span und leuchtete in den dahinterliegenden Raum. Enttäuscht sah er seine Freunde an. »Leer, bis auf ein paar Leinwände oder alte Bilder oder so was. Aber kein Mensch!«

»Verdammt«, rief Peter. »Aber der Stofffetzen zeigte doch eindeutig hierher. Wer hat denn die Spur nur gelegt? Das ist doch hoffentlich keine Falle!«

»Das glaube ich nicht«, sagte Justus. »Wenn wir nur Bill Maddock finden würden. Oder den chinesischen Jungen. Irgendwo müssen sie doch sein!«

Weiter kam er nicht. Denn in diesem Moment rief eine dunkle Stimme. »Ich bin Bill Maddock, hallo?«

Die drei ??? fuhren zusammen. Es war niemand zu sehen, aber die hohle Stimme war ganz aus der Nähe gekommen.

»Es ist doch eine Falle!«, klagte Peter. »Und nicht nur das! Wir sollen auch noch verrückt gemacht werden. Ich kenne das aus Gruselfilmen. Sie lassen dich Stimmen hören und treiben dich damit langsam in den Wahnsinn.«

»Bitte, wer auch immer da spricht, hört auf, mir Angst zu machen«, rief die unsichtbare Stimme. »Ich kann euch hören, aber ich sehe nichts. Es ist dunkel hier und eng. Bitte lasst mich frei. Ich halte das nicht mehr aus!«

Bob sah seine Freunde an. »Das klingt, als hätte derjenige genauso Angst wie wir!«

»Ich habe keine Angst«, erklärte Justus. Er legte sein Ohr an einen der Drachen. Dann sagte er: »Bill Maddock, sind Sie dadrin?«

»Ich bin Bill, Bill Maddock aus Oklahoma! Und wer sind Sie? Und wo bin ich?«

»Offenbar in einem Drachen«, erklärte Justus ruhig.

»In einem Drachen?«

Justus lächelte. »Genau, besser gesagt, in einer Drachenfigur.«

»Oh große Güte! Aber wie? Aber was? Das kann doch nicht … Ich bin Bergführer und sonst nichts!«

»Keine Angst«, beruhigte Bob die aufgeregte Stimme. »Wir werden Sie befreien.«

»Oh ja, bitte! Ich habe schon gedacht ... da war nämlich vorhin ein Drache. Ein Feuer speiender! Es war so schrecklich. Dabei gibt es doch gar keine Drachen!«

»Bleiben Sie ganz ruhig, Mr Maddock«, riet Justus. »Stellen Sie sich vor, Sie wären in einem Schrank eingesperrt, und wir holen jetzt den Schlüssel! Erzählen Sie uns solange doch einfach, was passiert ist!«

Während die drei ??? den Drachen sorgfältig abtasteten, lauschten sie Bill Maddock. Er war früh am Morgen aufgestanden, weil er die drei ??? erwartete. »Aber dann kam nur einer! Ein Chinese namens Peter Shaw. Er hatte den Preis gewonnen und den Gewinncoupon vergessen, aber der Name stimmte. Er war sehr aufgeregt und bat mich, ihm schnellstens den Weg durch den Canyon zu zeigen, da seine Freunde schon gestartet wären und Hilfe bräuchten. Wir sind sofort losgelaufen, um nach ihnen zu suchen. Und dann plötzlich klettert dieser Peter aus dem Canyon und läuft in den Wald. Natürlich bin ich ihm nach, und dann ... Also, das war unglaublich.«

Die Stimme im Drachen schwieg. »Sind Sie noch da? Es ist doch noch jemand da, oder?«

»Ja, Mr Maddock«, sagte Justus und wandte sich dem Körper des Drachen zu. »Erzählen Sie bitte weiter.«

»Na ja, also, ich bin ihm nach, und dann kam eine Gruppe von Chinesen. Sie haben uns befohlen mitzukommen. Aber dann, dann ging es ja erst richtig los!«

»Was bitte?«, fragte Justus geduldig.

Die Stimme zitterte leicht. »Über uns erschien ein Drache. Ein Riesentier. Und er spuckte echtes Feuer! Dann muss ich ohnmächtig geworden sein. Als ich wieder zu mir kam, war ich hier. Wer sind Sie denn eigentlich?«

»Mr Maddock!«, antwortete Peter. »Ich bin Peter Shaw, aber ich bin kein Chinese. Der Junge heute früh, das war nicht ich.«

»Ahh«, kam es aus dem Drachen.

»Bei mir sind meine beiden Freunde, Justus Jonas und Bob Andrews. Wir wollten die Tour mit Ihnen machen. Aber jemand ist uns zuvorgekommen. Haben Sie je von der Villa des schwarzen Drachen gehört?«

»Was?«, kam es aus dem Drachen. »Was soll denn das sein? Natürlich nicht. Ich lebe aber auch erst seit vier Monaten hier! Bitte befreit mich doch endlich! Ich habe das Gefühl, ich kriege keine Luft mehr!«

»Gleich, Mr Maddock!« Justus musterte den Drachen zum wiederholten Male. Er war mit Schuppen bedeckt, hatte an den Hinterbeinen Pfoten wie ein Tiger und an den vorderen Adlerklauen. Der Hals glich dem einer Schlange. Darüber saß der Kopf, der kamelähnlich aussah. Und auf ihm prangte ein spitzes Geweih. Am gruseligsten aber waren die Augen, sie funkelten dämonisch.

»Natürlich!«, rief Justus, der auf den Sockel geklettert war und die Augen des Drachen untersuchte. Er legte ein Hand auf die Pupille des rechten Auges und drückte.

Im selben Moment öffnete sich die Brust des Drachen. Sie gab den Blick frei auf eine Art Sessel, der im Inneren untergebracht war. Darin saß ein junger Mann Mitte 20 mit kurzen blonden Haaren, der in die Flamme in Bobs Hand blinzelte.

»Hallo, Mr Maddock«, sagte Justus feierlich. »Willkommen in der Freiheit!« Dann wandte er sich Peter zu. »Peter, sieh sofort im anderen Drachen nach, ob Ging Son Chang dadrin ist.«

Peter drückte das Auge des zweiten Drachen und auch dieser öffnete sich. In ihm saß der chinesische Junge. Er trug ein zerfetztes rotes T-Shirt am Leib und schlief tief und fest.

»Daher kam also die Spur!«, seufzte Bob und deutete auf das zerrissene T-Shirt.

»Wir müssen ihn wecken«, kommandierte Justus.

»Und wie?«, flüsterte Peter. »Sollen wir rufen oder was? Und wenn man uns hört?«

»Dann verstecken wir uns in der Kammer da vorne«, sagte Bob. »Peter, mit einem Stück Draht bekommst du das Schloss doch auf?«

Peter nickte. »Wir könnten den schlafenden Jungen überhaupt erst mal da reintragen. Und ihn dann wecken. Das wäre doch bestimmt sicherer!«

Justus schüttelte den Kopf. »Wir müssen zuerst den Jungen wach kriegen. Und dann habe ich einen besseren Plan.«

Ist es besser, Ging Son Chang erst zu wecken? Dann lies weiter auf Seite 115

Wenn die drei ??? sich verschanzen sollen, lies weiter auf Seite 119

Der Gang, dem die drei ??? folgten, war schmal und wurde nur von einigen wenigen Leuchtern erhellt. Was eindeutig zunahm, war der Geruch nach Farbe.

»Komisch«, flüsterte Bob. »Hier ist doch nichts gestrichen. Woher stammt denn dann der Geruch?«

Die Antwort folgte auf dem Fuße. Vor den drei öffnete sich ein breiter Durchgang in eine Halle. Und in dieser erwartete sie eine echte Überraschung.

An den Wänden und auf dem Boden waren dutzende von Bildern. Im nächsten Moment keuchte Justus auf.

»Das ist ja alles ...«

»Die Mona Lisa!«, ergänzte Bob. Er trat auf eines der Bilder zu und fuhr mit dem Finger darüber. »Die Farbe ist noch frisch. Daher der Geruch.«

»Warum malt denn jemand so oft dasselbe Bild?« Verdutzt sah Peter in die vielen lächelnden Gesichter ringsumher.

Bedächtig fing Justus an, seine Unterlippe zwischen Daumen und Zeigefinger zu kneten. Dann ging er zu einem Stapel Bilder auf einer Palette und kippte das erste Bild nach vorne. Dahinter standen noch viele andere. Auf diesen war ein prächtiger Strauß Sonnenblumen in einer gelben Vase zu sehen.

»Van Gogh«, murmelte Justus. »Ein sehr berühmter Maler. Und die Mona ist von …«

»Leonardo da Vinci«, fiel eine Stimme hinter den drei ??? ein. »Wunderbar, nicht wahr? Und ich finde auch, das ist ein schöner letzter Anblick für euch, bevor ich euch ins Land der Träume schicke.«

Die drei ??? fuhren herum. Dann stieß Peter einen erstickten Schrei aus. Direkt vor ihnen schwebte ein gewaltiger schwarzer Drache in der Luft. Er hatte sich vollkommen lautlos genähert, und das flackernde Licht glänzte geheimnisvoll auf seinen dunklen Schuppen und in seinen kleinen, roten Augen. Der Drache schnaubte zischend.

Dabei entwich seinen Nüstern ein stechender Dampf, der den drei ??? den Atem nahm.

»Haltet euch was vor den …«, rief Justus. Doch im selben Moment spürte er bereits, wie er müde wurde. Oh nein, dachte der Anführer der drei ???. Doch es war zu spät. Er sank bereits in Ohnmacht.

Lies weiter auf Seite 88

»Und wie sollen wir ihn wecken, wenn er betäubt ist?«, rief Bob.

»Mithilfe von Tante Mathildas Spezialmethode«, antwortete Justus sofort. »Bei mir wirkt sie immer!« Er trat auf den schlafenden Ging Son Chang zu und griff sanft nach dessen Augenlidern. Dann zog er sie umstandslos in die Höhe. »Haltet mal das Licht vor sein Gesicht«, befahl Justus.

Bob hielt den Span in die Höhe, sodass der Lichtschein auf das Gesicht des Jungen fiel.

Dazu spitzte Justus die Lippen und krähte plötzlich durchdringend: »Cock-a-doodle-doo!«

Peter zuckte zusammen. »Just? Alles in Ordnung?«

»Aber ja, die Augen aufhalten und krähen wie ein Hahn, das weckt jeden!«

Doch Ging Son Chang rührte sich nicht. Nachdenklich zupfte Justus an seiner Unterlippe. »Okay, vielleicht kann er nicht genug Englisch. Wie macht denn ein Hahn auf Chinesisch?«

Bob zuckte die Schultern. »Auf Deutsch macht er *Kikeriki* und auf Französisch *Cocorico*, aber Chinesisch – keine Ahnung.«

Peter schüttelte nur stumm den Kopf.

»Okay«, entschied Justus. »Ich versuche es weiter auf Amerikanisch. Peter, du krähst auf Deutsch und Bob auf Französisch. Das wird schon klappen.«

Kurz darauf hallte ein dreistimmiges, lautes Krähen durch den Raum. »Cock-a-doodle-doo – Kikeriki – Cocorico …«

Und Justus behielt recht. Ging Son Chang regte sich. »Xióngj?«, rief er verschlafen. »Gibt es hier einen Hahn?« Plötzlich schlug er die Augen auf. »Wer seid ihr und was wollt ihr?«

»Wir sind es, Justus Jonas, Bob Andrews und Peter Shaw. Du kennst uns vom Windsurfcup. Wir sind hier, um dir zu helfen. Du musst aufstehen und mitkommen!«

Ging Son Chang schnappte nach Luft. »Aber der Onkel …«

»Du musst aufstehen!«, wiederholte Justus. »Wir müssen weg!«

Mit einem Schlag wirkte der chinesische Junge hellwach. »Das geht nicht. Mein Onkel ist hier. Er wird hier gefangen gehalten. Ich muss meinen Onkel retten! Sonst macht meine Mutter Gespenstersuppe aus mir.«

»Deinen Onkel?« Justus wurde bleich. Der Anführer der drei ??? hatte als kleiner Junge seine Eltern bei einem

Unfall verloren und lebte seitdem bei seinem Onkel Titus und seiner Tante Mathilda, die er über alles liebte.

»Aber ich will hier raus«, meldete sich in diesem Moment Bill Maddock aus dem anderen Drachen. »Wenn wir hier noch mal geschnappt werden, sehe ich schwarz! Ich hole Hilfe, das verspreche ich. Aber ich bleibe nicht in diesem Haus mit Verrückten, die einen betäuben und in Drachen einsperren! So was bin ich aus Oklahoma einfach nicht gewöhnt!«

Justus nickte. »Ein guter Plan. Sie holen Hilfe, wir befreien den Onkel.« Er sah zu Peter und Bob. »Seid ihr einverstanden?«

»Als ob das eine echte Frage wäre«, murmelte Peter. Aber dann nickte er.

»Ja«, sagte Bob fest.

Justus half Bill Maddock und Ging Son Chang aus den Drachen. Dann verschloss er sie wieder. »Und jetzt zum Brunnen«, ordnete er an.

Als sie davorstanden, sah er Maddock an. »Ich vermute, dass der Brunnen aus dem Canyon gespeist wird. Es ist fließendes Wasser. Kommen Sie da durch?«

Bill Maddock musterte die Anlage. »Das sieht gut aus. Ja, das versuche ich!«

Die drei ??? sahen dem Bergführer nach, wie er ins Wasser stieg und mit kräftigen Zügen nach unten abtauchte.

»Wir sollten besser mit ihm gehen«, murmelte Peter.

Wenn die drei ??? Ging Sons Onkel suchen sollen, lies weiter auf Seite 122

Wenn sie doch mit Bill Maddock fliehen sollen, lies weiter auf Seite 129

Die drei ??? waren gerade dabei, den schlafenden Ging Son Chang aus dem Drachen zu heben, als sie plötzlich Stimmen hörten. Schnell ließen sie ihn los und schlossen den Drachen wieder.

»He, ich bleibe aber bestimmt nicht hier drin!«, rief Bill Maddock und kroch sichtlich verspannt aus dem anderen Drachen ins Freie. »Ich halte es keine Sekunde mehr in diesem Drachengrab aus!«

»Das wäre aber klüger«, erklärte Justus. »Wenn die nach Ihnen suchen und Sie nicht finden, geht der Ärger erst richtig los!«

»Auf keinen Fall, eher sterbe ich.« Bill Maddock machte schnell seinen Drachen zu.

»Los, jetzt!« Peter hantierte bereits mit einem Stück Draht, das er immer in einer geheimen Gürteltasche bei sich trug, im Türschloss herum. Die Tür sprang auf. Die drei ??? und Bill Maddock huschten in den Raum.

»Wir verstecken uns hinter den Leinwänden«, schlug Bob vor.

»Okay.« Hastig krochen Peter und Justus hinter ein großes Gemälde, das an der Wand lehnte.

»Peter, hast du gesehen, was da drauf ist!«, flüsterte Justus.

»Irgend so ein olles Segelschiff im Meer.«

»Peter!«, zischte Justus empört. »Das ist ein berühmtes Gemälde, das Sklavenschiff! Wenn das echt ist, dann steht hier ein Schatz. Vielleicht haben wir es mit einer Bande von Kunstdieben zu tun?«

»Psst!« Bob, der hinter einem anderen Bild kauerte, legte den Finger an den Mund. »Sie kommen.«

Vor der Tür wurden Stimmen laut. Aber leider verstanden die drei ??? diesmal kein Wort, denn sie sprachen Chinesisch.

Bill Maddock fuhr zusammen. »Die Stimmen kenne ich! Das sind meine Entführer. Ich muss hier raus!«

»Beruhigen Sie sich!« Bob fasste nach dem Ärmel des jungen Mannes. »Wenn Sie jetzt durchdrehen, sind wir alle verloren.«

Aber Bill Maddock war nicht mehr zu halten. Der Bergführer sprang auf und rannte an die Tür. »Lassen Sie mich gehen. Das ist ein freies Land!«

An der Tür erschien ein großer Chinese. »Oh, Mistel Maddock«, lächelte er. »Wie haben Sie sich denn befleit? Sichel nicht von alleine. Dann müssen in dem Laum ja auch noch die dlei Bulschen stecken, die wil die ganze Zeit suchen.« Er kicherte. »Nul gut, dass Sie uns gelufen haben. Ich habe gedacht, die Tül wäle abgeschlossen!«

Er winkte einem Helfer. »Zunageln, und zwal fest.« Eine Sekunde später setzten schwere Hammerschläge ein. Die drei ??? krochen aus ihren Verstecken. »Danke, Mistel Maddock«, lächelte der große Chinese durch das Gitter. »Unsel gloßel Mistel Lee ist sehl glücklich, wie fleundlich Sie uns geholfen haben!«

Justus, Bob und Peter sahen sich an. »Das war's dann wohl. Jetzt kann uns niemand mehr befreien!«

»Tut mir leid«, sagte Maddock zerknirscht. »Ich habe wirklich jede Umsicht vermissen lassen.«

Aber für die Erkenntnis war es leider zu spät.

Und so endet der Fall der Villa des schwarzen Drachen. Bevor damit auch die Geschichte von den ??? zu Ende ist, versuch es lieber noch mal mit einer anderen Entscheidung, und gehe zurück auf Seite **111**

»Bevor wir uns auf die Suche machen«, sagte Justus zu Ging Son Chang, »solltest du uns sagen, warum dein Onkel hier ist und welche Indizien es gibt, die uns weiterhelfen können.«

Der chinesische Junge nickte schnell. »Es ist nicht schwer zu verstehen. Meine Familie lebt in Dafen.«

»Was ist Dafen?«, fragte Peter.

»Ein Dorf in China, in dem nur Maler leben, junge Kunststudenten und so«, erklärte Ging Son. »Sie malen für wenig Geld Porträts für reiche Amerikaner oder die Bilder, die dann in den Chinarestaurants überall in der Welt hängen. Die meisten wollen richtige Maler werden, aber um zu überleben, fangen irgendwann alle mit diesen schlecht bezahlten Arbeiten an. Es ist eine Fließbandstadt, alle malen die gleichen Bilder, eins nach dem anderen. Und die werden von den Bossen verkauft.«

»Puh.« Bob schüttelte sich. »Klingt nicht gerade hoffnungsvoll.«

Ging Son nickte. »Aber so ist es eben. Mein Onkel Kwok ist auch Maler. Er ist ein sehr guter Maler. Und dann kam der große Glückstag! Onkel Kwok bekam das Angebot, in den USA Kunst zu studieren. Mit einem Stipendium und den Reisekosten. Er hat sich sofort auf den

Weg gemacht. Aber dann hat er sich nie wieder gemeldet. Meine Mutter machte sich große Sorgen. Sie hat alle gefragt, die sie kennt. Und einer erzählte ihr von einem Gerücht, dass in Dafen umgeht. Dass schon mehrere junge Maler in die USA verschwunden seien. Und dass sie angeblich in der Villa des schwarzen Drachen auf Cataract Island sind.«

»Du kanntest diese Villa?«, fragte Justus erstaunt.

Ging Son zuckte die Schultern. »Ja, viele Chinesen kennen sie. Sie war ein Zufluchtsort für einige unserer Vorfahren. Ich glaube, nur die Amerikaner kennen sie nicht. Dann haben die Leute in Dafen zusammengelegt, um mir die Reise hierher und die Suche für einige Tage zu ermöglichen. Ich habe einige Monate eure Sprache studiert und bin los. Aber die Zeit ist nächste Woche um. Deswegen habe ich versucht, euch den Preis abzukaufen. Denn der Weg zur Villa ist schwer. Er führt nur durch den Canyon.«

Peter sah den chinesischen Jungen staunend an.

»Und du hast Bill Maddock entführt?«

»Nein, ich habe gesagt, ich wäre du. Ich habe versucht, ihm oben im Canyon wegzulaufen. Aber er ist mir nach, und dann kam eine Gruppe von Männern. Sie haben uns befohlen mitzukommen. Und dann kam der Drache!«

»Moment«, rief Justus. »Woher kennst du den Weg zur Villa?«

»Von meiner Mutter. Und die weiß es von ihrer Mutter. Und die von ihrer. Die Villa des schwarzen Drachen gibt es schon lange. Aber jetzt weiß ich nicht mehr weiter. Ich muss meinen Onkel finden. Und wenn der Drache gegen mich ist, kann das nicht klappen!« Plötzlich schluchzte der Junge auf.

»Ich bin sicher, wir können dir helfen«, sagte Justus ruhig. »Bob, wo war der Farbgeruch am stärksten?«

Bob deutete in einen der Gänge.

»Gut, dann ist das unser Ziel.« Justus ging voran. Auch in diesem Gang liefen Kupferrohre an der Wand entlang, aber die Leuchter waren dunkel. Wieder benutzte Bob einen Span.

Langsam tasteten sich die drei ??? und ihr Gefährte voran. Plötzlich war ein leises Zischen zu hören. Peter blieb stehen. »Was ist das?«

»Klingt wie ein Autoreifen, aus dem die Luft entweicht.« Bob spitzte ebenfalls die Ohren. »Aber wo kommt das her?«

»Von da vorne«, sagte Justus. »Es klingt übrigens wie das Gas aus den Rohren. Mach lieber den Span aus. Ich habe keine Lust, in die Luft zu fliegen.«

Bob tat wie geheißen. Tiefe Dunkelheit umgab die drei ??? und Ging Son Chang. Dann hörte das Zischen plötzlich auf. Stattdessen knisterte es laut.

Ging Son Chang zuckte zusammen. »Das klingt genau wie vorhin!«

»Wie was?«, flüsterte Peter.

Aber Ging Son Chang kam nicht mehr dazu zu antworten. Denn in diesem Moment geschah das Unglaubliche. Vor den drei ??? leuchtete ein Meer von kleinen Flammen auf. Und mitten darin schwebte eine riesige Gestalt, von der ein stechender Geruch ausging. Sie bewegte sich flink hin und her, wie eine Wolke, schnell und schwerelos.

»Das gibt es doch nicht!«, rief Peter.

Auch der chinesische Junge sah auf. »Der Drache!«, rief er mit vor Ehrfurcht bebender Stimme. »Es ist der Drache, den ich vorhin verärgert habe. Seid jetzt still! Ihr müsst wissen, Drachen sind Geschöpfe der Luft. Bei uns heißt es, sie schwimmen in den Lüften des Himmels wie Fische im Wasser. Nur wenn man sie ärgert, regnet es oder sie schleudern Blitze. Aber diesmal weiß ich, was ich zu tun habe.«

Ging Son Chang kniete sich nieder und beugte den Kopf. »Ehrwürdiger Drache, bitte hilf mir, meinen Onkel zu finden!«

Die drei ??? hielten den Atem an. Die gewaltige Gestalt über dem Jungen sank ein Stück in die Tiefe. Und jetzt erkannten die drei ???, dass sie wahrhaftig das Gesicht eines Drachen hatte, mit spitzen Zähnen und glänzenden Schuppen.

»Bitte!«, stieß Ging Son hervor. »Verrate mir, wo mein Onkel ist.«

Der Drache zischte. Dann flog er wieder empor.

»Was macht er?«, rief Bob.

Im nächsten Moment explodierte der Drache. Mit einem lauten Knall löste er sich in Luft auf und sprühte dabei Millionen von Funken.

»Hilfe!« Peter hechtete zurück in den Gang. Auch Justus lag flach auf dem Boden, aber er beobachtete dabei die Luft über ihnen. Da, wo eben noch der Drache gewesen war – war jetzt nichts mehr!

»Oh nein!«, jammerte Ging Son. »Das kannst du nicht tun, oh, Drache!«

Bob eilte zu ihm. »Ging Son Chang, was war das?«

»Der Drache ist wütend. Sie werden nie wütend in den Geschichten, außer man ärgert sie. Aber ich wollte doch nur wissen, wo mein Onkel ist!«

»Aber es gibt keine Drachen«, mischte sich Justus ein.

Plötzlich schluchzte der chinesische Junge. »Du bist ein Amerikaner, du verstehst das nicht. Die alten Kaiser konnten sich in Drachen verwandeln. Niemand ist mächtiger als sie. Er will nicht, dass ich Onkel Kwok suche.«

Gefasst sah Justus den Jungen an. »Ging Son Chang«, sagte er leise. »Und wenn dieser Drache nun gar nicht das wäre, wofür du ihn hältst? Würdest du dann glauben, dass wir dir helfen können?«

Soll Ging Son die Hilfe der drei ??? annehmen? Dann lies weiter auf Seite 132

Oder soll er ihre Hilfe ablehnen? Dann lies weiter auf Seite 136

Erst nachdem die drei ??? Ging Son Chang fest versprochen hatten, sofort Kommissar Reynolds zu informieren, wenn sie wieder am Hafen wären, erklärte er sich bereit, mit ihnen zu kommen.

Das Wasser im Brunnen war kalt und floss schnell. Peter glitt als Erster hinein. Er spürte den Zug der Strömung sofort. »Das ist ein gutes Zeichen«, rief er. »Sobald wir weiter unten den Abfluss des Brunnes erreichen, legt euch auf den Rücken, die Füße voran. So vermeidet ihr am besten Verletzungen. Es ist wie auf einer Rutsche, nur schneller, kälter und gefährlicher.«

Justus, Bob und Ging Son folgten ihm. Sie tauchten ein Stück hinab, dann ließen sie sich von der Strömung packen. Und sie hatten Glück. Schon nach wenigen Sekunden schnellte das Wasser aus dem Brunnenschacht seitwärts in eine offene Rinne, die bergabwärts führte.

Unmittelbar darauf sausten sie hintereinander in rasendem Tempo zwischen hohen Felsen durch eine schmale Wasserrinne.

»Mann«, stöhnte Bob, »ich hoffe nur, dass wir da heil durchkommen.«

»Keine Sorge«, rief Peter. »Es geht bestimmt gut!«

Im nächsten Moment wurden sie um eine Biegung

geschleudert und eines Besseren belehrt. Direkt vor ihnen war ein riesiges Netz gespannt, in dem Bill Maddock wie eine Fliege hing und zappelte.

»Nein!«, brüllte er, als er die Jungs ankommen sah.

Aber das Wasser schleuderte zuerst Peter, dann Bob und Ging Son Chang und zuletzt Justus direkt gegen Bill Maddock. Der junge Mann stöhnte schmerzvoll auf. »Wer spannt denn ein Netz mitten in einen Canyonbach? Das kann doch nur ein komplett Verrückter tun!«

»Ein Verrückter? Das würde ich so nicht sagen! Eher ein weitsichtiger und vorsichtiger Mann tut so etwas.« Am Rande des Wasserlaufs tauchte Mr Lee auf. Und sein Lächeln war diesmal überhaupt nicht sanft, sondern gefährlich und spöttisch. »Es kränkt mich, dass Sie meine Gastfreundschaft verschmähen«, sagte er mit scharfer Stimme. »Aber offenbar zieht ihr alle die raue Natur meinem warmen Heim und einem guten Tee vor. Nun, das könnt ihr haben.«

Er winkte seinen Männern, die mit geübten Handgriffen die drei ???, Ging Son Chang und Maddock an das Netz fesselten.

»Ich weiß, dass mein Onkel hier ist. Er wird kommen und uns retten«, rief Ging Son Chang empört.

Mr Lee lachte hell auf, drehte sich um und ließ seine Gefangenen alleine zurück.

Und so endet der Fall mit bedrückten drei ???. – Du findest, das ist kein Ende für echte Detektive? Dann probier es doch noch einmal auf Seite 118

»Ihr kennt euch doch mit Drachen gar nicht aus«, rief Ging Son Chang verzweifelt.

»Aber mit Kriminalfällen«, antwortete Justus bestimmt. »Und ich hege den schweren Verdacht, dass wir es hier mit einem solchen zu tun haben. Und jetzt pass auf! Vielleicht gibt es Drachen in China. Aber in den USA gibt es normalerweise keine. Aber was es hier in der gesamten Villa des schwarzen Drachen gibt, sind diese komischen Gasleitungen. Und Gas ist nun mal leichter als Luft. Und es brennt. Was wäre also, wenn wir nichts weiter gesehen haben als eine Art mit Gas gefüllten Ballon, der verpufft ist?«

»Aber die Explosion, die Funken!«, rief Peter.

Bob stöhnte auf. »Nein, Just hat recht! Man muss nur Holzspäne in den Ballon tun. Holzspäne verpuffen so heiß und schnell. Und hier lag doch vorhin so ein Riesenhaufen davon. Na klar, das habe ich mal bei der Feuerwehr gesehen. Verpuffung! Das ist so stark, dass ganze Dächer wegfliegen können! Verpuffungseffekt nennt man das!«

»Ihr meint, dass mich jemand hier reinlegt?«, entfuhr es Ging Son.

»Ja«, sagte Bob. »Und uns auch!«

»Genau«, meinte Justus. »Uns und deinen Onkel. Und wenn das stimmt, dann sollten wir uns sofort daranmachen, ihn zu befreien.«

»Aber wo ist er?«, rief Ging Son.

»Da, wo wir nicht hinsollten«, antwortete Justus und zeigte in die Richtung, wo der Drache explodiert war. »Dort, wo es so streng nach Farbe riecht! Immer der Nase nach.«

»Oh«, sagte Ging Son. »Jetzt verstehe ich, warum ihr Amerikaner Detektive auch Spürnasen nennt. Ihr seid ja richtige Spürnasen.«

»Ja«, sagte Justus. »Genau das sind wir!«

»Moment!« Peter zupfte Justus am Ärmel. »Und wenn da jemand ist? Ich meine, wenn es keinen Drachen gibt, dann gibt es bestimmt jemand, der ihn auftauchen und verschwinden lässt.«

»Du hast recht«, nickte Justus. »Denen müssen wir den Hahn abdrehen.«

»Ein Hahn? Was hat denn ein Hahn mit dem Drachen zu tun«, fragte Ging Son. »Und wieso wollt ihr ihm den Hals umdrehen?«

»Nicht der Hahn, mit dessen Ruf wir dich geweckt haben«, kicherte Bob. »Diesmal geht es um den Haupthahn der Gasleitung! Und den wollen wir *ab*drehen, nicht *um*drehen!«

Justus sah seine Freunde und Ging Son Chang an. »Wenn meine kleinen grauen Zellen mich nicht im Stich lassen, sind die Drachen Wesen aus den Gasleitungen, die jemand im entsprechenden Moment anzündet und verpuffen lässt. Deswegen müssen wir uns davor nicht fürchten. Ging Sons verschwundener Onkel bereitet mir erheblich mehr Sorgen. Wer einen Menschen gegen dessen Willen versteckt, der ist ein gefährlicher Gangster. Darum müssen wir sehr vorsichtig sein. Zum Glück scheinen sie uns noch nicht entdeckt zu haben.«

»Und wieso ist dann der Drache explodiert?« Peter sah sich unsicher um.

»Ich weiß es nicht«, gab Justus zu. »Vielleicht haben wir einen Mechanismus ausgelöst oder so. Aber zumindest scheint niemand hinter uns her zu sein.«

»Okay«, nickte Bob. »Stellen wir das Gas ab!«

»Und dazu folgen wir den Leitungen«, ergänzte Peter.

Die Gruppe machte sich auf den Weg. Nach einigen Ecken und Biegungen erreichten sie eine schmale Treppe, die abwärtsführte. Bob stieg als Erster hinab.

»Hier ist ein riesiger Gastank«, meldete er. »Und wahnsinnig viel Farbe!«

»Farbe?«, rief Justus erstaunt.

»Ja, mindestens 1000 Liter.«

Justus folgte Bob und sah sich ebenfalls um. Dann deutete er auf den Haupthahn, der zwischen Gastank und Leitung angebracht war. »Gut, den drehen wir zu!« Er sah sich weiter um und lachte, als sein Blick auf einen langen Gummischlauch fiel. »Oder nein, Freunde, ich habe noch eine bessere Idee. Wenn das klappt«, er grinste Ging Son Chang an, »werden die Drachenreiter aus der Villa des schwarzen Drachen bald eine bunte Überraschung erleben!«

Lies weiter auf Seite 137

Ging Son Chang baute sich entschlossen vor den drei ??? auf. »Ich will keine Hilfe von euch! Im Gegenteil – ihr müsst gehen.«

Justus schüttelte den Kopf. »Jetzt nimm doch Vernunft an. Hör mir einfach zu und ...«

»Nein!« Der junge Chinese schüttelte den Kopf noch heftiger als Justus. »Der Drache hätte mich eben auch töten können, aber er hat mich am Leben gelassen. Das war großzügig von ihm. Darum bin ich jetzt sein Sklave und muss ihm gehorchen. Und wenn ihr nicht geht, dann müsst ihr das auch!« Ging Son Chang ließ sich auf die Knie fallen. Dann fing der Junge plötzlich mit lauter Stimme an zu rufen: »Ich habe verstanden, ehrwürdiger Drache, und ich werde gehorchen!«

Bob stieß Justus an. »Wir müssen weg. Wir können ihn nicht überzeugen. Los!«

»Zurück zum Brunnen«, rief Peter.

Verzweifelt sah Justus den chinesischen Jungen an.

Lies weiter auf 129

Nachdem die drei ??? die Treppe wieder hinaufgestiegen waren, orientierten sie sich weiter am Farbgeruch. Ging Son Chang folgte ihnen.

Schritt für Schritt wurde der Geruch intensiver.

Schließlich fanden sie sich am Ende eines langen Ganges vor einer Holztür mit einem eisernen Riegel.

»Das sieht aus wie ein Gefängnis«, befand Bob.

»Aber es riecht besser.« Justus schob bereits den Riegel auf. Leise öffnete er die Tür.

Dann blieben die drei ??? wie gebannt stehen. Vor ihnen lag ein riesiges Atelier. An dutzenden von Staffeleien standen junge Männer und Frauen und malten. Plötzlich schluchzte Ging Son auf. »Onkel Kwok!«

Der chinesische Junge lief auf einen Mann zu, der vor einem Bild der Mona Lisa stand, an der er pinselte.

»Ging Son?« Der Mann sperrte den Mund auf. Er sah zu den drei ??? und wieder zu seinem Neffen. Dann liefen ihm plötzlich Tränen über das Gesicht. Besorgt fragte er in etwas holprigem Englisch: »Haben sie dich auch in die Falle gelockt, Neffe?«

»Nein«, sagte Justus schnell. »Ihr Neffe ist gekommen, um sie zu befreien. Vorausgesetzt, sie wollen befreit werden!«

»Aber natürlich will ich das.« Der Maler zeigte auf das Gemälde der Mona Lisa. »Seit Monaten male ich immer wieder die Mona Lisa. Und so schön sie auch ist, ich kann sie nicht mehr sehen. Mr Lee ist ein gemeiner Schurke. Er hat alle diese Künstler hier aus der Heimat weggelockt mit dem Versprechen eines Kunststudiums. Aber in Wirklichkeit hält er uns fest und zwingt uns, Kopien von berühmten Gemälden anzufertigen. Wir müssen Van Goghs fälschen und Picassos und sogar die Mona Lisa!«

Onkel Kwok sah seinen Neffen an und schnäuzte sich gerührt mit einem farbverschmierten Tuch die Nase.

»Warum wehren Sie sich denn nicht?«, rief Peter.

»Mr Lee hat unsere Pässe versteckt«, gab Onkel Kwok zurück. »Und dann ...« Er sah sich unruhig um. »Der Drache! Lee hat einen Drachen im Haus!«

»Nein, Onkel Kwok«, rief Ging Son. »Der Drache ist nur eine mit Gas gefüllte Vorspiegelung falscher Tatsachen.«

»Wie bitte?« Überrascht sah Onkel Kwok den Jungen an.

»Wow!« Peter grinste. »Ihr Neffe ist etwas zu lange mit unserem Freund Justus zusammen. Der redet leider immer so geschwollen.«

In diesem Moment wurden an der Holztür Rufe laut. »Was ist hier los? Wer hat die Tür geöffnet? Der Schwarze Drache wird euch alle lehren, was Ungehorsam heißt!«

Auf der Schwelle erschien Mr Lee mit seiner Bande von Helfern. Fassungslos blieb er vor den drei ??? stehen. »Ihr schlaft nicht? Ach so! Ihr haltet euch wohl für schlaue Bürschchen, die ihren Tee nicht trinken.« Dann fiel sein Blick auf Ging Son. »Und den ungehörigen kleinen Jungen haben sie auch befreit. Na wartet!«

Mr Lee winkte einem seiner Helfer. »Nang, befiehl dem Drachen, diese Bande von Aufmüpfigen zu züchtigen. Sie sollen im heißen Feuer baden und sich fragen, ob es sich lohnt, Aufruhr zu stiften!«

Der Angesprochene nickte und drückte schnell auf einen Kasten, den er in der Hand hielt.

Im selben Moment setzte ein lautes Zischen ein. Erwartungsvoll sah Mr Lee in die Höhe.

»Bitte nicht!« Onkel Kwok zuckte zusammen. »Nicht wieder den Drachen! Er wird uns alle verbrennen!«

»Das droht nun mal den Ungehörigen«, sagte Mr Lee schneidend.

»Wird er nicht!«, rief Justus in diesem Moment. »Wer sehen will, der schließe die Augen!« Er warf sich auf Onkel Kwok und begrub schützend dessen Gesicht unter seinem Körper. »Sagen Sie es auch den Leuten, die noch kein Englisch verstehen«, flüsterte er drängend.

Onkel Kwok nickte und rief schnell etwas auf Chinesisch. Nur eine Sekunde später setzte ein feiner Regen aus bunter Farbe ein. Dann schossen dicke Strahlen Farbe aus den Öffnungen der Gasrohre an der Decke, aus denen eigentlich der Schwarze Drache mit Gas gespeist werden sollte.

»Es klappt!«, jubelte Peter, der seinen Kopf unter den Händen verbarg. »Die Leitung hat sich mit Farbe gefüllt, und das Gas drückt sie heraus.«

»Natürlich«, murmelte Justus. »Daran bestand ja wohl auch nicht der mindeste Zweifel.«

Er blinzelte vorsichtig und sah, wie Mr Lee sich umdrehte und in einer Pfütze aus Farbe ausrutschte. Er schlug auf den Boden und patschte dabei mit der Hand

in die nächste Lache. Im selben Moment erwischte ihn ein heftiger Schwall von der Decke. Seinen Männern erging es nicht besser. Mit farbverschmierten Gesichtern saßen oder lagen sie in dem Farbmeer und wischten sich verzweifelt die Augen.

Den Malerinnen und Malern war es besser ergangen. Sie hatte die Augen geschlossen und sich unter ihre Leinwände geflüchtet.

Plötzlich lachte Onkel Kwok. »Mr Lee sieht aus wie eine Mickymaus«, rief er den anderen Malern zu. »Er ist gar kein Drachenbezwinger, er ist nur ein armseliger Betrüger!«

»Genau das ist er«, rief Justus. »Und jetzt wehrt euch, und bindet die Bande zusammen!«

Das ließen sich die Malerinnen und Maler nicht zweimal sagen. Von ihrer Furcht befreit, stürzten sie sich auf Mr Lee und seine Bande und schnürten alle mit ihren Gürteln und Hemden zu einem handlichen Paket zusammen.

»他是个很精明的警探«, sagte Onkel Kwok.

»Ging Son«, rief Bob. »Das hat doch vorhin auch einer zu Mr Lee gesagt. Was heißt denn das eigentlich?«

»Tā shì gè hěn jīng míng de jīng tàn«, sagte Ging Son Chang. »Das heißt, ihr seid wirklich gute Spürnasen!«

Als die drei ??? einige Stunden später am Hafen von Cataract Island ankamen, fanden sie sich vor einer dichten Menschentraube wieder.

Inmitten der Leute stand Bill Maddock. »Aber wenn ich es euch doch sage! Da ist ein Drache in einer versteckten Villa und tausende von gefährlichen Chinesen.«

»Mr Maddock.« Justus trat hinter ihn. »Wollten Sie nicht eigentlich Hilfe holen?«

»Natürlich wollte ich das. Aber hier traut sich ja keiner.«

»Jaja, ein Drache«, rief ein Fischer und verzog den Mund. »Geh doch zurück nach Oklahoma. Auf Cataract Island gibt es keine Drachen. Und auch keine Chinesen.«

Im selben Moment tauchte hinter den drei ??? eine lange, bunte Schlange von gefesselten Chinesen auf. Mit Mr Lee vorneweg taumelte die Bande unter der Führung von Onkel Kwok und Ging Son Chang in den Hafen.

Der Fischer sperrte die Augen auf. »Chinesen!«, rief er. »Na, sagt mal, wo kommen die denn alle her? Wo habt ihr denn die gefunden?«

»Na ja«, grinste Bob und knuffte Peter und Justus in die Seite. »Man findet hier alles! Man braucht nur eine feine Spürnase!«

Bravo! Die drei ??? und du habt es geschafft und den Fall »Der schwarze Drache« mit Geduld und Scharfsinn gelöst. Justus, Peter und Bob gratulieren dir und empfehlen ein großes Stück Kirschkuchen bis zum nächsten Geheimnis!

STECKBRIEF

Name:
Justus Jonas

Alter:
10 Jahre

Adresse:
Rocky Beach, USA

was ich mag:
essen, lesen, unbeantwortete Fragen + Rätsel aller Art, Schrott

was ich nicht mag:
wenn ich Pummelchen genannt werde, für Tante Mathilda aufrä

was ich mal werden will:
Kriminologe

Kennzeichen:
das weiße Fragezeichen

was ich mag:

was ich nicht mag:
für Tante Mathilda au räumen, Hausaufgab

was ich mal werden will:
Profissorteller Detektif 100 Jahre alt

Kennzeichen:
blaues Fragezeichen